U0081962

樂讀456 —— 108

魔法十年屋 5

無法施展的時間魔法

文 廣嶋玲子
圖 佐竹美保
譯 王蘊潔

魔法十年屋5 無法施展的時間魔法

目錄

序章

有些心愛的物品，即使壞了也捨不得丟。

正因為是充滿回憶的物品，所以也希望把它們好好保管在某個地方。

無論是有意義的物品、想要保護的物品，或是想要保持距離、不想見到的物品……

如果您有這樣的物品，歡迎光臨「十年屋」。

本店將連同您的回憶，妥善保管您的重要物品。

1 花瓶中的幽靈

彼特是一位家具師傅，今年五十二歲。他身材肥胖，總是面帶笑容，大家都很喜歡他，叫他「開朗彼特」。

但是，他最近晚上都睡不著，也很少露出笑容。他太煩惱了，原本就已經很稀疏的頭頂，現在頭髮也越來越少。

「真是的！到底該怎麼辦才好呢？」彼特煩惱的雙手抱頭，嘆著氣說道。

讓彼特如此傷透腦筋的原因，是一個花瓶。

兩個月前，彼特在古董市集看到一個老舊的大花瓶。花瓶的分量很重，上頭有銀色和黑色的螺旋狀圖案，而且價格便宜得驚人。

彼特一眼就看中了那個花瓶，毫不猶豫的買了下來。他把花瓶帶回家後，立刻放在客廳，沒想到竟然為客廳的氣氛錦上添花，無論插什麼花，看起來都很華麗。

彼特的太太也很高興的說：「你買了一樣好東西。」

有一天，彼特太太的朋友來家裡做客時，看到了那個花瓶。

「哇，這個花瓶太漂亮了，是哪一個窯廠的作品？我可以看一下花瓶的底部嗎？」

那位朋友說完便探頭翻看花瓶底部，立刻發出了驚呼聲。

「哎喲！」

「怎、怎麼了？」

「這個花瓶很不得了！」

那位朋友臉色大變，雙眼發亮。

「這個簽名絕對不會錯！是烏洛洛．多尼的作品！」

「你、你說這是烏洛洛．多尼的作品？」

就連不太了解藝術的彼特太太，也知道這位傳奇陶藝家的名字。

那是一位兩百年前的陶藝家，在他生前，作品就已經令人讚不絕口。直到現在，只要是他的作品，即使是一個小碟子，價格也貴得驚人。

彼特太太大吃一驚，沒想到在古董市集花小錢買的花瓶，竟然是如此赫赫有名的陶藝家作品。

那位朋友興奮的繼續說道：「而且完全沒有人知道，他以前竟然做過這麼時尚的花瓶！真是驚人的發現！這個花瓶是如假包換的寶物！」

那天之後，烏洛洛．多尼的花瓶就成為彼特家引以為傲的珍寶，彼特太太更邀請了很多客人來家裡，向他們炫耀花瓶。

但是，差不多也是從那個時候開始，家裡出現了詭異的動靜。

他們全家人都感覺到好像有其他人也在這棟房子內，尤其只要走進客廳，就會感到全身不自在。

有一天，彼特正躺在床上睡覺，突然被尖叫聲驚醒。

他慌忙跑向尖叫聲傳來的地方，發現太太跌坐在客廳地上。

「你、你怎麼了？」

「啊啊、啊啊啊！」

「喂！你說話啊！」

「老、老公！我看到了！我剛才看到了！」

彼特太太臉色鐵青的指著烏洛洛．多尼的花瓶。

「就在那裡！有幽靈！從花瓶中出現，然後又消失了！」

「怎麼可能有這種荒唐……」

「不，是真的！我親眼看到了！」

彼特並不相信，他覺得一定是太太睡迷糊了才會看到幻影。

但是，兩天之後，彼特的女兒也說看到了幽靈。接著，彼特自己也親眼看到了。

那天晚上，彼特突然感覺到客廳裡有人。

「吉拉，你還沒睡嗎？如果你睡不著，要不要我去廚房幫你熱一杯牛奶？」

彼特以為是太太，於是這麼問，但是他沒有聽到回答，便走去客廳一看，接著立刻倒吸了一口氣。

他看到一個蒼白的影子！

轉眼之間，那個影子就在烏洛洛．多尼的古董花瓶前變成一個男人的身影。

那是一個年輕男人，身材乾瘦，似乎體弱多病，衣著打扮看起來像古代人。他帶著充滿憤恨的陰鬱眼神注視著花瓶，然後好像被吸進了花瓶般，一下子就消失不見了。

彼特嚇出一身冷汗。

原來是真的，真的有幽靈！

那天之後，幽靈就經常出現在彼特一家人面前。起初只有晚上出現，到後來連大白天也會現身。

彼特太太和女兒嚇壞了，決定逃回太太的娘家。

「在你處理掉那個花瓶之前，我們不會回家！」

「處理……難道你要我打破那個花瓶嗎？」

「怎麼可能？這可是烏洛洛．多尼的花瓶！不是叫你做這種魯莽的事情，而是要想辦法趕走那個幽靈！」

就算太太這麼說，彼特也不知道該怎麼辦才好。

他很喜歡那個花瓶，如果可以，他希望保留下來。他當然不想打破花瓶，也不願意讓花瓶有任何損傷，但是他也知道，不能讓幽靈繼續留在家裡。哎呀，到底該怎麼辦呢？還是暫時寄放到某個地方呢？也許在寄放期間，幽靈就自己離開花瓶了。

正當彼特打著如意算盤時，他聽到了花瓣飄落般的聲音。抬頭一看，發現不遠處有一張卡片。深棕色的卡片上，畫著漂亮的金色和綠色蔓草圖案。

這張卡片是從哪裡冒出來的？彼特感到納悶，但還是把卡片撿了起來。

對折的卡片正面用銀色墨水寫著「十年屋」三個字，背面則寫了以下的內容。

有些心愛的物品，即使壞了也捨不得丟。

正因為是充滿回憶的物品，所以才希望把它們好好保管在某個地方。

無論是有意義的物品、想要保護的物品，或是想要保持距離、不想見到的的物品……

如果您有這樣的物品，歡迎光臨「十年屋」。

本店將連同您的回憶，妥善保管您的重要物品。

這段文字太打動人心，太不可思議又充滿了魅力，而且完全符合彼特目前的需求。

「『十年屋』……是可以寄放物品的地方嗎？」

卡片內一定寫了關於「十年屋」的情況，於是彼特急忙打開對折的卡片。

耀眼的金色光芒瞬間射出，他感到眼睛都花了，用力閉上了眼。

彼特還聞到了淡淡的香氣，那是他最愛的牛奶糖香味。啊，他知道這股香氣裡還使用了堅果和肉桂增添風味。他想起母親以前常做的牛奶糖，心情就完全放鬆了。

他感覺到光芒漸漸收斂，於是悄悄睜開了眼睛。

「啊……」

彼特頓時說不出話。

明明剛才還在自己家裡，沒想到在不知不覺中，竟然來到了戶外，而且周圍的風景很陌生。

眼前是一條籠罩著藍色濃霧的石板路，目光所及的一切都很模糊，甚至無法分辨現在的天色是白天還是晚上。周圍靜悄悄的，一個人影都沒有。

正當彼特開始感到不安時，猛然發現不遠處有光。那道光就像是燈塔般呼喚著他，對他說：「來呀，過來這裡。」

彼特在濃霧中走向燈光的方向。

走沒幾步，就看到一道門。那道門像雪一樣白，門上的彩色玻璃拼出了勿忘草的圖案。

門上寫著「十年屋」。

「這、這裡就是『十年屋』嗎？」

咕嚕。彼特用力吞著口水。

突然出現的神奇卡片，又在轉眼之間帶他來到陌生的地方。這些事實讓他終於領悟一件事。

這是魔法，是魔法把他帶來這個地方。

彼特微微發抖，伸手推開了白色的門走進屋內。

「叮鈴鈴。」掛在門上的鈴鐺發出了清脆的聲音。

「太……壯觀了。」

彼特瞪大了眼睛，因為他發現屋內堆滿了東西，簡直就像是倉庫一樣。

有家具、樂器、燈具、燭臺、動物標本、各式各樣的衣服，還有閃閃發亮的寶石和首飾。

很多東西看起來像破銅爛鐵，也有的已經破損了，甚至還有吃剩的蛋糕。

但是，所有的物品都散發出一種難以用言語表達的氣氛。

心愛的東西。

無法忘記的東西。

彼特對自己腦海中浮現的這兩句話感到有點不知所措，但還是繼續往店裡走去。

他沿著堆積如山的破銅爛鐵之間形成的狹窄縫隙走進店內，發現後方有一個櫃臺。

一個年輕男人坐在櫃臺前。他穿著深棕色的西裝背心和長褲，脖子上繫著牛奶糖色的絲巾，一頭波浪般的栗色頭髮有點長，臉上戴著銀框眼鏡，眼鏡後方的琥珀色眼睛露出平靜的眼神。

這個男人身上散發出讓人不由得大吃一驚的感覺。他看到彼特，立刻露出了親切的笑容。

「歡迎光臨，歡迎來到十年屋。」

「你、你好。你是……魔法師嗎？」

「是的，而且我是這家店的老闆，請叫我十年屋。你是否有點驚訝？請跟我來後方的會客室，先喝杯茶，我們再慢慢聊正事。」

彼特驚訝不已的跟著十年屋來到後方的小會客室，裡面擺著舒服的沙發，漂亮的茶几上已經備好了茶。

這時，一隻身穿黑色天鵝絨背心的橘貓用兩條後腿走路，端著茶點進來。

橘貓把裹了牛奶糖的杏仁和核桃放在桌上，對著彼特深深鞠躬。

「先生，歡迎光臨，請慢慢坐喵。」

彼特聽到橘貓用可愛的聲音打招呼，便也回應牠說：

「哎呀，真是太客氣了，謝謝你。」

橘貓似乎很中意彼特，對他露出笑容後，啪答啪答的走去後方。

十年屋為彼特倒了茶，將茶杯遞到他面前。

「請喝茶，這些點心是本店能幹的管家貓客來喜親手製作的，很好吃，請你務必要嚐一嚐。」

「好、好的，那我就不客氣了。」

魔法師說得沒錯，精心製作的茶點散發出堅果和牛奶糖的濃郁香氣，是絕佳的佐茶點心，愛吃甜食的彼特一口氣吃了四塊。

在喝第二杯茶時，彼特的心情完全放鬆了。十年屋似乎就在等這一刻，他開口說：

「那我們來談正事吧，你似乎有物品要委託本店保管，請問是什麼物品呢？」

「委託……物品？」

「對，這家『十年屋』是我使用十年魔法，專門替客人保管物品的店。當客人想要寄放物品時，就會收到本店的邀請函。」

「你是說那張卡片嗎？」

原來是這麼一回事。彼特眨了眨眼睛，接著點點頭。

「對，沒錯，如你所說，我的確需要魔法的幫助，因為有一樣東西無法放在家裡，但是丟掉的話，又太可惜了。」

「本店就是為了這些物品而存在。」十年屋興奮的點著頭說：

「請問是什麼物品？」

「是花瓶。」

在彼特回答的同時，那個花瓶就出現在茶几上。

彼特大吃一驚，十年屋沒有理會他，仔細打量著花瓶。

「這個花瓶真漂亮，可以感受到製作者的品味。」

「對吧，我也對這個花瓶一見鍾情，於是就買回家了，而且買了之後才發現，這個花瓶出自赫赫有名的陶藝家之手，我太太很高興，說要把這個花瓶當成傳家寶。」

「而你卻打算委託本店保管？」

「是、是啊……」

如果說出實情，這位魔法師可能不願意保管這個花瓶。雖然彼特這麼想，但是在魔法師那雙深琥珀色眼睛的注視下，他根本無法隱瞞祕密。

於是彼特鼓起勇起，說出了實情。

「不瞞你說……有幽靈住在這個花瓶裡。」

「砰鏘砰鏘！」

後方的房間傳來一陣打破東西的聲音。彼特跳了起來，十年屋也一樣。

「客來喜？發生什麼事了？你沒事吧？」

「是、是喵！」

後方房間傳來剛才那隻貓回應的聲音。

「不好意思喵！我、我聽到有幽靈，手上的東西不小心掉到地上了喵。」

橘貓一臉難為情的走過來說明。

「……對不起，老闆，我打破了兩個盤子喵。」

「沒關係、沒關係，只要沒受傷就好。你清理碎片時要小心。」

「好的喵。」

十年屋溫柔的撫摸垂頭喪氣的貓管家腦袋，一陣安慰後，看向彼特說：

「不好意思，我們言歸正傳。你剛才是說，有幽靈住在這個花瓶裡嗎？」

「對、對呀，好像是這樣。因為我覺得有點可怕，所以想請人保管一陣子，然後我就來到了貴店。」

「原來如此，那我了解了。既然是這樣，本店可以代為保管。但是，讓我們先來確認一下，裡面是否真的有幽靈。」

「啊！」橘貓大叫了一聲，逃去後方的房間。彼特一聽，也瞪大了眼睛。

「有辦法確認嗎？」

「有啊，幽靈其實就是有強烈執念或是遺憾的靈魂，召喚這種靈魂很簡單。」

十年屋說完，便動作輕柔的撫摸花瓶，接著嘴裡嘀嘀咕咕的說了什麼。

不一會兒，天花板上的燈光開始閃爍，花瓶旁出現了一個模糊的影子。影子越來越深，那個幽靈真的出現在屏住呼吸的彼特面前。

那個幽靈雖然年紀很輕，但神情憔悴，看起來很疲憊。他穿著和之前相同的衣服，臉上露出陰鬱悲傷的表情。他似乎有點驚訝，目不轉睛的看著十年屋。

十年屋泰然自若的開口。

「哎呀哎呀，看來真的住在花瓶裡……請問你是哪位？根據我的觀察，你應該是兩百年前的人。請問你為什麼住在這個花瓶裡？這件物品對你有什麼意義嗎？如果你不介意，是否可以告訴我呢？」

「……」幽靈男子沒有回應。

「別擔心，這裡的時光流逝和其他地方不一樣，我們可以聽到你說話的聲音。如果有什麼話想說，請你說出來。」

在十年屋的鼓勵下，幽靈男子終於開了口。會客室內響起了冬日寒風般的乾澀聲音。

「我是……製作這個花瓶的人。」

「什麼？」彼特忍不住大叫，他甚至忘記了害怕，「所以你就是烏洛洛．多尼嗎？」

幽靈男子聽到他的發問，立刻皺起眉頭，眼淚跟著撲簌簌的流了下來，接著好像煙一樣飄向空中，在空氣中消散了。

「不是，我的名字叫諾特．帕金，我是陶藝家，但我的作品乏人問津，我那個時代的人們，不喜歡我的作品。我因為生活窮困潦倒，在壞人的唆使下，做了不該做的事……我把自己的作品仿製成烏洛洛．多尼的作品出售。」

「所以，你……製作了仿冒品嗎？」

「對……」

他仿冒了烏洛洛．多尼的作品，製作了很多盤子和花瓶，又偽造了烏洛洛．多尼的簽名，於是那些作品很快就銷售一空。他靠這種方式賺到錢之後，就欲罷不能，原本打算下不為例，卻又繼續做出更多烏洛洛．多尼的仿冒品。

那位名叫諾特．帕金的幽靈男子流著眼淚，垂頭喪氣的說：

「我、我真是太卑劣了。我知道自己很齷齪，但是，我還是停不下來……這個花瓶，是我最後的作品，和烏洛洛．多尼的風格完全不同，是我自己的作品。但是，之前替我賣仿冒品的人說，用我的名字沒辦法賣出去，必須也要簽上烏洛洛．多尼的名字才行。我勉為其難的答應了，之後就病倒……但是，我死了之後，仍然惦記著這個花瓶，無論如何都無法離開這個世界。」

「所以，你就住在花瓶裡，並出現在我們家人面前嗎？」

「對不起，我無意嚇你們，但是，我無論如何都希望你們了解真相，我只是希望你們不要再說這是烏洛洛·多尼的作品。我活著的時候傷害了他的名字，如果死了之後，仍然持續傷害他的名字，未免太對不起他了。」

諾特·帕金皺著眉頭，露出絕望的表情看著花瓶。他的眼神中同時帶著愛與恨，好像烈火在燃燒。

但是，彼特不再感到害怕，反而很憐憫這個幽靈，認為他帶著這種心情留在這個世界，一定很痛苦。

彼特很希望能夠讓幽靈的心情放輕鬆，於是就對他說：

「既然如此，那我就用挫刀把烏洛洛・多尼的名字磨掉，這樣你就能夠放下這件事了吧？」

「什麼？」

諾特・帕金可能完全沒有意料到彼特會這麼說，他露出了驚訝的表情。不光是他，就連坐在旁邊的十年屋，和從後方房間悄悄探出頭的橘貓，都默默的眨了眨眼睛。

彼特在大家的注視下，聳了聳肩說：

「說實話，我根本不在意是誰製作了這個花瓶，我只是喜歡這個花瓶。因為喜歡，所以就買回家了，就這麼簡單而已。我現在的心情也一樣，即使不是烏洛洛．多尼的作品，我喜愛這個花瓶的心情也不會改變。」

「你……喜愛……」

「對呀，你做的這個花瓶太棒了。」

幽靈聽了彼特真誠的感想，雙眼發亮，蒼白的臉上泛起微微的紅暈，然後，露出了幸福的笑容。

「謝謝、太感謝了……」

「我才要感謝你做出這麼美的花瓶。」

「……這是我夢寐以求的話，哪怕只能聽一次也好。啊，我現在心情太舒暢了……」

幽靈心滿意足的閉上了眼睛，他的身體一下子變淡，然後像煙霧般消失了。

彼特真切的感受到，幽靈以後不會再出現了。

「啪啪啪啪。」十年屋一臉佩服的為他鼓掌。

「這位先生，你太了不起了，就連魔法師也很難做到瞬間就讓幽靈升天。」

「不不不，我只是說出內心的想法。不好意思，我可不可以取消這次的委託？」

「當然可以，因為你已經完全沒有必要把這個花瓶交給我們保管了。回家的路上請小心。」

「好的，我會小心。」

彼特緊緊抱著花瓶，走向那道白色的門。

他在腦袋裡盤算著，回家之後，就要磨掉花瓶底部那個烏洛洛·多尼的簽名，然後要寫信給搬回娘家的太太和女兒，告訴她們可以回家了。

2 呢喃的骷髏

五歲的少年佐恩很膽小，但他不想承認自己膽小，因為他不希望別人說他是「膽小鬼」。

所以當姨婆來家裡喝茶，拿出她自己做的巫婆娃娃告訴他「這是我自己做的」時，佐恩故意逞強的說：

「好帥喔！我喜歡這個娃娃！」

其實那個巫婆娃娃看起來很可怕。有一雙紅色的大眼睛，長長

的鼻子，雙手和雙腳又細又長，讓人看了就很害怕。

姨婆聽了佐恩的話，高興的說：

「那這個娃娃就送給你吧。」

佐恩雖然笑著點頭，但內心十分後悔。

「唉，我說錯話了。我討厭這個巫婆娃娃，到了晚上，巫婆娃娃一定會來嚇我。」佐恩心想。

果然不出所料，到了晚上，巫婆娃娃讓人越看越心裡發毛，變得很可怕。

老實說，即使只是放在房間，佐恩都感到很害怕。

但是，佐恩卻再次逞強，在家人的面前說自己要和巫婆娃娃一起睡覺。

他哭喪著臉把巫婆娃娃放在枕邊，接著躺上床。

一旁的爸爸一臉意味深長的對他說：

「好了……睡覺的時間到了。佐恩，你有沒有什麼話想要對爸爸說呢？」

把這個娃娃拿走！

佐恩很想這麼說，但是他咬牙忍住了。

佐恩一直很崇拜爸爸。爸爸個子高大、手臂粗壯，有飽滿強壯的肌肉。只要有爸爸陪在身邊，他就覺得這個世界上沒有任何可怕的東西。

如果被爸爸知道自己是膽小鬼，那就太糟糕了。

所以，佐恩把原本想說的話吞了下去，小聲問爸爸：

「爸爸，你有看過巫婆嗎？」

「不，爸爸沒有看過巫婆，倒是見過魔法師。」

這樣的回答太驚人，佐恩幾乎屏住了呼吸。爸爸竟然見過魔法師！以前從來沒有聽爸爸提過。佐恩甚至忘了巫婆娃娃的事，大聲叫了起來：

「我想聽！爸爸，趕快告訴我！拜託你！」

「好，那爸爸就特別和你分享這件事。但是爸爸說完之後，你就要乖乖睡覺，可以嗎？」

「嗯！我保證乖乖睡覺！魔法師是怎樣的人？很可怕嗎？」

「不，一點都不可怕，不僅不可怕，而且和故事中的魔法師完全不一樣。他很年輕，也很紳士，看起來很瀟灑，還有一隻貓陪在他身邊。那隻貓也很可愛，很會招呼客人，竟然還是做點心的高手。」

「貓會做點心？騙人！」

「爸爸沒有騙你。你不要打斷爸爸，乖乖閉上嘴巴，不要插嘴，現在我就從頭說給你聽。」

接著，爸爸就娓娓道來。

✲

那是在比現在的你年紀稍微大一點的時候。

我有一個叔叔，這個叔叔很愛捉弄小孩子，簡直就像是大人版的搗蛋鬼。他也知道很多有趣的事，小孩子都喜歡聽他說故事，所以都圍著他打轉。我當然也一樣。

有一天晚上，叔叔把很多小孩子都叫到身邊，從皮包裡拿出一個白色的東西。

大家都沒想到，那竟然是一個骷髏頭！在乾枯的頭骨眼睛凹下去的地方，還鑲著閃亮的寶石。

小孩子全都嚇得尖叫。叔叔低聲告訴大家說，這是有魔法的頭骨。那個人生前被魔法師詛咒，到死都無法說話。

「那個人想說話也無法開口，最後含恨而死，他的怨念至今仍然留在這個骷髏頭上。最好的證明，就是這個骷髏頭有時候會發出聲音，如果把骷髏頭放在枕邊睡覺，就可以聽到呢喃聲。雖然聽不清楚在說什麼，但的確可以聽到各種不同人說話的聲音。怎麼樣？是不是很厲害呀？」

「騙人！」聽完叔叔的話，我忍不住大叫起來。因為叔叔之前經常騙我，或是嚇唬我，所以我不想再受騙上當。

叔叔生氣的瞪著我說：

「這個骷髏頭的事情是真的，如果你覺得我在騙人，那我就把這個骷髏頭借給你一個星期，你把它一直放在身邊，一定可以聽到呢喃聲。」

我當然拒絕了，因為這也未免太可怕了。

沒想到叔叔露出不懷好意的笑容說：

「哈哈，你害怕了？這也不能怪你，畢竟膽小鬼怎麼敢把受到詛咒的骷髏頭放在自己身邊？」

接下來，你應該已經猜到了，我最討厭別人說我是膽小鬼，於是就對叔叔說：

「誰害怕了！那你就把骷髏頭放在我這裡呀，不管一個星期還是兩個星期都沒問題！」

「好啊好啊，這就對了嘛。那我就把它交給你保管，一個星期後，我再來找你拿。到時候，你應該就知道我沒有騙你。」

於是，叔叔就把可怕的骷髏頭交到我手上。

老實說，我心裡面是一百萬個不願意，也很後悔自己為什麼說了那種話，但是，既然已經當著大家的面答應了，當然就不能出爾反爾。

我把骷髏頭拿回自己房間，放在床邊的桌子上。說實話，不要說保管一個星期，我連一個晚上都不願意。白色的骷髏頭在昏暗的房間裡看起來實在是太嚇人了。

我躺在床上，用力閉上眼睛，希望自己趕快睡著。

沒想到即使閉上眼睛也覺得很可怕，因為我滿腦子都想著萬一閉上眼睛時，骷髏頭自己跑到我旁邊該怎麼辦。

於是，我又睜開眼睛，看著骷髏頭，確定它不會移動。

就這樣一下子閉上眼睛，一下子睜開眼睛，一次又一次折騰，夜越來越深了。

然後……

我突然聽到說話的聲音。那是很小聲、很小聲的呢喃。雖然聽不清在說什麼，但的的確確是人在說話的聲音，而且是從骷髏頭裡面傳出來的，鑲在骷髏頭上的寶石還發出一閃一閃的亮光。

我嚇得快尿出來了！很想趕快逃走，卻雙腿發軟，根本無法下床，只能用毛毯蓋著頭，覺得自己快要受不了了。

夠了！我想把這個骷髏頭丟掉！在叔叔下個星期來拿回去之

前，最好找一個地方保管！

正當我一心一意想著這件事時，感覺到毛毯外面有淡淡的光線射進來。

睜開眼睛一看，發現床單上有一張以前從來沒有見過、對折起來的漂亮卡片，發出淡淡的金色光芒。

我忽然有一種得救的感覺，不由得拿起了卡片，然後打開。

一打開卡片，我頓時感覺被金色的光和可可的香氣包圍。當我回過神時，發現自己竟然站在一個陌生的地方。

四周完全沒有人影，整個街道都籠罩在濃霧中，一片靜悄悄的。

正當我快哭出來時，看到了燈光。那是從旁邊一棟房子的白色大門透出的光，好像在叫我「進來呀」。

於是我就推開那道門，走了進去。

那裡是一個像倉庫的地方，各式各樣的東西堆放在一起。我至今仍然可以清楚的記起那裡的樣子。

巨大的獠牙、漂亮的戒指、破損的雨傘、鹿的標本、裂開的大鏡子，還有令人眼花撩亂的寶石項鍊、沒有手臂的娃娃，以及褪色的婚紗……總之，店內堆滿了東西。

我看傻了眼，站在那裡動彈不得。

這時，一個男人從狹窄的通道走了過來。他很年輕，個子很高，一頭栗色頭髮，戴著眼鏡，眼睛是好像琥珀般神祕的顏色，脖子上繫著一條深灰色的絲巾，渾身散發出時尚感。

那個人看著我說：

「哎呀哎呀，真難得，這麼晚了，竟然還有小客人上門。」

我驚訝得說不出話，因為不知道自己為什麼會在那裡，也不知道那個人為什麼要叫我「客人」。

就在我陷入混亂時，那個男人笑了笑說：

「要不要先去後面休息一下，喝一杯甜甜的可可？我請本店的管家貓幫你泡一杯。」

男人說完，就把我帶進那家店深處的另一個房間。

你已經猜到了嗎？沒錯，他就是魔法師。

後方的房間裡有一隻很大的橘貓，像人一樣用後腿站著，穿著黑色背心，繫著黑色領結。橘貓名叫客來喜，是魔法師的管家。

我越來越驚訝，但還是接受了他們的款待。

客來喜端來的可可十分美味，我從來沒有喝過這麼好喝的飲料。大馬克杯中裝滿了香濃的熱可可，上面還放了一大坨鬆鬆軟軟的棉花糖。

客來喜還為我準備了宵夜，是起司火腿雞蛋熱三明治，也好吃得不得了。

我吃得不亦樂乎。因為夜已經很深，肚子真的很餓，所以大口咬著三明治，甚至忘了疑惑自己怎麼會在那裡。

等我吃完了從天而降的美食後，魔法師告訴我，那裡是一間名叫「十年屋」的店，他會使用名為十年魔法的時間魔法，而我則是因為有什麼東西想委託他保管，才會去到那裡。

聽到他這麼說，我立刻知道是怎麼回事。一定是那個骷髏頭，因為那是我唯一想請別人保管的東西。

當我這麼想的時候，骷髏頭就出現在我們眼前。

「啊！」我尖叫著向後退，橘貓客來喜也一下子逃走了。

只有魔法師不一樣，他高興的說：

「原來，原來在你手上啊！」

我又驚訝又困惑，魔法師接著說：

「這是天氣魔法師比比的通訊骷髏頭。啊，通訊骷髏頭是我們魔法師互相聯絡時使用的魔法道具。比比之前說不小心弄丟了，到處找了很久，沒想到竟然會以這種方式找到。是你撿到的嗎？」

我告訴魔法師，那是叔叔放在我這裡的。叔叔說，這是受到詛咒的骷髏頭。我們還約定，在下個星期之前，都由我負責保管。而剛才我真的聽到骷髏頭發出了聲音，感到很害怕，很想把它丟去某個地方，然後就來到這裡。

我把所有的事一五一十的告訴了魔法師，因為我覺得如果對魔法師說謊，後果會很可怕。

魔法師聽完我的話後，點了點頭。

「原來是這樣，原來是這樣。看來是你叔叔在某個地方撿到了這個通訊骷髏頭。話說回來，照理說你不可能無故聽到骷髏頭發出呢喃聲，該不會是……」

魔法師嘀咕著，接著拿起骷髏頭檢查。

「啊，我就知道，眼睛上的鑽石鬆脫，快掉下來了。八成是比比遺失的時候造成的，所以才會接收到其他通訊骷髏頭對話的聲音。沒關係，只要修理一下，就可以恢復原狀。我想把這個交還給真正的主人，可以嗎？」

我一時間不知道該怎麼回答。

既然骷髏頭有真正的主人，當然應該物歸原主，但是骷髏頭是叔叔交給我保管的，如果隨便交給別人，叔叔可能會生氣，搞不好還會到處對別人說，我是膽小鬼，所以把骷髏頭丟掉了。

想到這裡，我就無法輕易點頭答應。

魔法師似乎猜到了我的想法，他露出親切的微笑說：

「不然這樣好了，由我去向你叔叔說明情況，然後請他把骷髏頭還給原主。我會用不造成你困擾的方式解決這件事，可以交給我處理嗎？」

既然魔法師這麼說，我也無法拒絕，於是決定把骷髏頭的事交給他，自己先回家。

回家的過程只花了一瞬間。一走出剛才的那道白色大門，我就回到自己房間的床上。

我掀開蓋在身上的毛毯，看向床邊。原本放在那裡的骷髏頭已經不見了。

而我清楚的知道，剛才不是做夢，而是真實發生的事。

接下來就看魔法師能不能說服叔叔了。雖然有點擔心事情是不是真的能夠順利解決，但還是很快就睡著了。

一個星期、兩個星期過去了，叔叔並沒有上門來拿回骷髏頭。

我很好奇是怎麼回事，於是主動去了叔叔家。

沒想到才兩個星期不見，叔叔整個人瘦了一大圈。

「關於那個骷髏頭……」我的話還沒說完，叔叔就發出一陣尖叫聲，身體縮成一團。

「你、你以後再也不要提起那個骷髏頭的事！那個骷髏頭不是已經不在你手上了嗎？我知道！兩個星期前，那個傢伙來找過我了，手上拿著閃閃發亮的骷髏頭，說要我還給他，還叫我不要再打這個骷髏頭的主意。我是在小路上撿到，以為只是玩具而已，沒想到真的是被魔法師詛咒的道具！啊啊，太、太可怕了！你也要把骷髏頭的事忘得一乾二淨，知道嗎？」

叔叔大叫著把爸爸趕出了家門。那次之後，叔叔再也不敢隨便嚇唬小孩子了。

你應該已經猜到了吧？沒錯，是魔法師的傑作。魔法師教訓了整天捉弄小孩子的叔叔。

爸爸的故事說完了。

✲

聽完故事後，佐恩目瞪口呆的盯著爸爸。

「我不敢相信……所以，爸爸你以前也很膽小嗎？」

「對呀，我以前是看到骷髏頭就嚇得要死的小男生，那時候覺得膽小的自己很丟臉。但是每個人小時候都很怕黑，聽到妖怪或是恐怖的故事都會嚇得發抖。至少爸爸以前是這樣的小孩，但我現在也不會覺得這樣很丟臉，而且正因為那時候很害怕，所以才能見到魔法師。」

爸爸也看著佐恩。

「你真的該睡覺了，爸爸要出去了。佐恩，你是不是有什麼話想要對爸爸說呢？」

爸爸剛才也問了相同的問題，在聽他說魔法師的故事之前，佐恩絕對不會說出真心話。

但是現在……

佐恩看著爸爸，緩緩的開口：

「爸爸，可以請你把這個巫婆娃娃帶出去嗎？這個娃娃放在這裡，我會害怕得睡不著覺。」

「沒問題。」爸爸對佐恩露出了微笑。

3 不知去向的記憶

十二歲的利雅帶著悲傷的心情走在通往市場的路上，她滿腦子都想著奶奶的事。

她的奶奶奧琪個性風趣幽默、親切溫柔，總是帶著滿滿的愛，親手製作點心給利雅吃，利雅向來為有這樣的奶奶而感到驕傲。

但是，不久之前，奶奶生了一場大病，在那之後，身體狀況就漸漸變了樣。

奶奶的活力從她的身體慢慢流失，簡直就像沙子從破了洞的袋子中流走一樣，連以前很喜歡的散步、做點心，和把自己打扮得漂漂亮亮這些事都放棄了，整天懶洋洋的躺在床上。

奶奶不僅體力變差，有時候明明睡得昏昏沉沉，卻又突然痛苦的坐起來，慌張的說：「哎呀，我似乎忘了什麼事，我忘了一件很重要、很重要的事！」

每次其他家人都必須安慰她說：「別擔心，即使忘了也沒關係。」

看到奶奶的身體狀況越來越差，利雅感到很難過，忍不住想，如果能夠讓奶奶想起她忘記的事，不知道該有多好。只要奶奶想起來，心情一定可以恢復平靜。

但是，要怎麼做才能找回奶奶的記憶呢？

「根本不可能啊。」

利雅唯一能做的事，就是去市場買一些奶奶愛吃的水果，最好能夠買到櫻桃。只不過，就算買到了櫻桃，也不知道奶奶願不願意吃，因為奶奶這一陣子連水果都不太想吃。

如果奶奶繼續這樣一天比一天虛弱，到底該怎麼辦？

淚水無法克制的湧上眼眶，利雅忍不住用手去揉眼睛。當她放下時，發現自己被一片白色濃霧包圍了。

「咦？」

霧很濃，而且緩緩旋轉著。

什麼時候起霧了？前一刻還在眼前的街道景象漸漸模糊，隱約出現了藍灰色的石頭房子。

太奇怪了！剛才街道上根本沒有這種房子，簡直就像轉眼之間，就穿越到其他地方。

利雅覺得不可能有這種事，但還是向前走了一步。

這時，她看到了燈光。

利雅被整條街上唯一的一盞燈光吸引，她情不自禁的走近，很快來到了一扇鑲嵌著彩色玻璃的白色大門前。

「必須推開這扇門走進去。」利雅不由得這麼想，然後她真的推開了大門。

門內似乎是一家店，堆滿了各式各樣的東西。大部分都是老舊的物品，有些看起來根本就是破銅爛鐵，但是也有一些很大的寶石和頭冠。利雅忍不住看得出神。

這時，一位年輕男人從堆積如山的書籍後方走了出來。這個男人雖然很年輕，身姿卻從容不迫，一頭栗色的大波浪頭髮，銀框眼鏡後方是一雙炯炯有神的琥珀色眼睛。他穿著深棕色西裝背心和長褲，脖子上繫了一條橄欖色的絲巾，從口袋中露出下垂的金鍊子看起來也很瀟灑。

他看到利雅後，立刻露出微笑。

「歡迎光臨，歡迎來到『十年屋』。」

利雅不知道該怎麼回答。因為她情不自禁的走進來後，發現這裡是一家店。但是她並不想買店裡的任何東西，所以不知道該如何回應才好。

男人看到利雅手足無措的樣子，繼續面帶微笑的對她說：

「看樣子，你並不是有東西想要委託本店保管，而是想來這裡找某樣東西，對嗎？」

「找某樣東西？」

「對，請問你想要找什麼？不妨說說看。」

男人慢條斯理又溫暖的嗓音讓利雅不自覺的放鬆了心情，她忍不住開口說：

「我奶奶好像忘了什麼重要的事，我希望可以幫她想起來。」

利雅說完，忍不住羞紅了臉。她覺得眼前這個男人一定會受不了自己，以為自己腦筋有問題，才會說這種話。

沒想到他既沒有露出受不了的表情，也沒有一笑置之，而是一臉嚴肅的點了點頭。

「喔，是回憶呀，也就是記憶。請問你的奶奶叫什麼名字？」

「我奶奶叫奧琪．鐵丹。」

「嗯，我記得這個名字，你等我一下。」

「啊？」利雅瞪大了眼睛，看著男人從胸前口袋拿出一本黑色皮革封面的記事本，快速翻閱起來，翻到其中一頁時停了下來。

「嗯，就是這個，找到了、找到了。奧琪．鐵丹在五十七年前，的確曾經來這裡委託本店為她保管記憶。」

「你是說我奶奶曾經來過這裡嗎？她、她來這裡委託你為她保管記憶？」

「對，這裡是『十年屋』，是專門為客人保管物品的地方。」

男人輕聲細語的解釋。利雅注視著男人那雙琥珀色的眼睛，突然恍然大悟。

這個人是魔法師，這裡是魔法商店，再不可思議的事，在這裡都變得理所當然。

既然這樣，或許真的有辦法可以救奶奶。

「那我奶奶的記憶還在這裡嗎？我想帶回家，可以嗎？奶奶說她忘了一件事，而且很在意這件事，想不起來讓她很痛苦。也許奶奶委託你保管的記憶，就是她忘記的事。」

利雅一口氣說完，只見魔法師一臉歉意的搖了搖頭說：

「很抱歉，如果還在本店，我很願意賣給你……只是，這個記憶已經不在這裡了。」

「怎麼會這樣？」

「因為物品保管在本店的時間上限是十年。滿十年之後，我會寫信給客人，詢問客人要把物品取回，還是認為已經不再需要而想放棄。當時奧琪女士拒絕取回記憶，於是那段記憶就正式歸『十年屋』所有，之後就被其他客人買走了。」

奶奶的記憶已經賣給其他人，那就再也找不回來了。

原本的一線希望變成了絕望，利雅差一點昏倒。

「但是，」魔法師見狀，又繼續說了下去：「但是，也許你奶奶的記憶還在買走的客人手上，雖然可能已經不是原來的樣子了……你要不要去看看？」

利雅猶豫了起來。

如果去了之後，那個客人也說記憶已經不在了，那該怎麼辦？到時候她真的會昏倒。但是，既然還有一線希望，就應該努力看看。

於是，利雅點了點頭說：「請你帶我去。」

「好，請稍等我一下。」

魔法師從口袋裡拿出紫色粉筆，在地上畫了一個奇妙的圓圈。

利雅看向魔法師，忍不住問：

「請問……你剛才說，記憶可能已經不是原來的樣子了，那是什麼意思？」

「就是字面上的意思，因為買下奧琪女士那段記憶的人，是改造魔法師。」

「改造魔法師？」

「對。好了，完成了，那我們現在就去找她吧。」

魔法師牽著利雅的手，走進剛畫好的圓圈中。

「去找改造魔法師。」

魔法師說完這句話，周圍的景色便轉動起來。堆滿物品的「十年屋」店內的模樣越來越淡，接著漸漸浮現了不同的風景。

當利雅回過神時，發現自己和魔法師站在另一個房間內。

這裡似乎也是一家店，桌上和架上都放著五彩繽紛的小物品、首飾、玩具、帽子和雜貨，每一件東西都可愛得讓人驚嘆，而且質感十分好，只要看一眼，就令人興奮不已。

利雅看得目瞪口呆。

這時，一位個子嬌小的老婆婆從後方走了出來。

這位老婆婆很不可思議。鮮豔的粉紅色頭髮剪成齊肩的學生頭，身上的洋裝縫滿了各式各樣的鈕扣，頭上戴的帽子也很驚人，帽子頂端就像針墊一樣插著針，剪刀和毛線球是帽簷上的裝飾。

利雅驚訝得說不出話。只見魔法師笑容滿面的對婆婆說：

「茨露婆婆，你好。」

「十年屋，歡迎光臨。怎麼了？你帶客人來找我？」

「是啊，因為我想你可能有這位客人要找的商品。」

魔法師說完，便把利雅奶奶記憶的事告訴了茨露婆婆。

「事情就是這樣，我很多年前賣給了你，不知道你還記得嗎？」

茨露婆婆咧嘴一笑的說：

「你可別把我當老人，我對自己的每一件作品都記得一清二楚。我當然記得，那是很美好的記憶，所以我改造成很美的東西，但是不知道為什麼，一直沒有賣出去。」

「所以……」

「對，沒錯。」

茨露婆婆用力點了點頭，看著利雅說：

「你是個運氣很好的孩子，那件商品還在店裡。你等我一下，我馬上拿給你。」

茨露婆婆說完，跑向角落，又很快跑了回來。

「你看，就是這個。」

茨露婆婆遞給她一個可以放在手心上的七寶燒（注）小盒子，小盒子上有藍色和銀色的海浪圖案。

利雅接過小盒子，想要打開蓋子，卻怎麼也打不開。小盒子蓋得很緊，一動也不動。

「盒子上了鎖……」

「不，沒有上鎖。」茨露婆婆搖了搖頭說：「我沒有為這個小盒

子上鎖，但是在改造完成之後，蓋子就打不開了……我猜想，你的奶奶應該可以打開。」

利雅聽到茨露婆婆這句意味深長的話，忍不住激動起來。她覺得把這個小盒子交給奶奶，一定會有什麼事情發生。

「我要這個！我想要還給奶奶！」

利雅大叫起來，茨露婆婆立刻從她手上拿回小盒子。

「你要先付報酬。」

「要多少錢？」

「我不收錢，我是專門把別人不要的東西改造成美好物品的改造魔法師，所以你把你不需要的東西送給我，就是報酬。」

「不要的東西……」

利雅立刻想到了一副手套。

那是她小時候，奶奶親手為她編織的紅色手套，上面縫著金色星星形狀的鈕扣。她很喜歡那副手套。

但是，有一次在玩雪時，右手的手套不見了。她找了很久，最後還是沒找到，她為這件事沮喪了很久。

雖然掉了一隻手套，但那是奶奶親手編織的，所以利雅一直保存著剩下的那一隻。現在自己的手變大了，根本戴不下那隻手套，所以仍然收在衣櫃的抽屜裡。

利雅並不是因為愛不釋手，而是因為保存了這麼多年，反而沒有勇氣丟掉。

僅存的那隻手套已經沒用了。利雅明知道即使留著，也不會再拿出來使用，但還是不願意丟掉。如果魔法師可以把那隻手套改造成其他東西，那不正是最完美的結局嗎？

利雅想到這裡，一隻紅色小手套就出現在她手上。

因為太突然了，利雅嚇一大跳，但還是戰戰兢兢的把手套遞到茨露婆婆面前。

「請問……這個可以嗎？」

茨露婆婆一看到手套，立刻露出興奮的表情。

「喔，這個很棒，簡直太棒了！嗯，這樣的報酬足夠了。好，那麼這個小盒子就歸你了。」

利雅順利得到了小盒子，興奮得臉都紅了起來。

太好了。有了這個小盒子，奶奶一定不會再痛苦了。利雅緊緊握著小盒子，心中充滿了喜悅。

十年屋看著利雅，小聲的對茨露婆婆說：

「茨露婆婆，你放在櫃臺上的花，是不是封印魔法師波爺爺送你的禮物？既然你會放在櫃臺上，代表你們上次約會很開心吧？」

「……你怎麼知道我約會的事？」

「我當然知道啊，因為魔法街上沒有人不知道這件事。」

「真受不了你們，真是太八卦了。」

「因為魔法街上已經很久沒有這麼重大的新聞了。你們約會得怎麼樣？下次還要約會嗎？啊，不是啦，不是我想知道，是客來喜想知道，我只是代替客來喜問你。」

「哼，你還真會找藉口！但是，很遺憾，即使是可愛的乖貓問我，我也不會輕易回答，因為我想當一個神祕女郎。好了，快點回去，回去吧。」茨露婆婆推著十年屋。

十年屋和利雅走進了地上的圓圈內。當利雅回過神時，發現他們又回到了堆滿物品的「十年屋」。

利雅用力眨了眨眼睛，十年屋露出微笑對她說：

「太好了，你終於找回你奶奶的記憶了。」

「是啊！謝謝你！我要馬上回去，把這個還給奶奶！」

「還給……喔，對了，我可以提醒你一件事嗎？」

十年屋露出嚴肅的表情。

「這個小盒子的確是用奧琪女士的記憶改造而成的，但是，即使你把這個小盒子交還給她，她也找不回原來的記憶……你能了解這一點嗎？」

利雅抖了一下，低頭注視著小盒子。

小盒子很漂亮，但看不出裡面是什麼。誰能夠猜到，這個小盒子原本是一段記憶？

利雅緩緩開口問：

「所以你的意思是，記憶已經被改造成其他東西了，無法再回到奶奶的腦袋裡了嗎？」

「沒錯，但是無論這個小盒子裡面是什麼，都一定會回到奧琪女士手上，這是這個小盒子的命運。改造魔法師茨露婆婆經常說，被珍惜的物品和物品的主人之間有深厚的連結，即使改頭換面，和主人之間的連結都不會消失。」

利雅注視著小盒子，小聲的說：

「不曉得奶奶的記憶是什麼？如果你知道，可以告訴我嗎？我想知道。既然奶奶無法再想起來，我希望至少能夠了解奶奶失去的記憶是什麼。」

十年屋露出猶豫的表情，隨即點了點頭。

「是啊，也許讓你知道比較好。好吧，那我就告訴你。奧琪女士以前很愛一個人，但是那個人是一位船員，必須去遠方航行。那個人臨走前，送給奧琪女士一個海藍寶石的戒指，並對她這麼說：

『希望你等我一年。我一年之後就會回來，到時候，這個戒指就永遠屬於你，而你也永遠屬於我。但是，如果我一年之後仍然沒有回來，請你忘了我。希望你可以和別人結婚，並且得到幸福。』

奧琪女士回答他：『不只一年，我會等你一輩子，你無論如何都要回來。』然後，她的戀人就出海了，從此再也沒有回來。」

「怎麼會……為什麼？」

「因為大海很危險，可能遇到了暴風雨，也可能船撞到了冰山……也可能他在其他地方遇到別的女人，忘了奧琪女士。總之，他從此再也沒有回來。」

「……那我奶奶呢？她後來怎麼樣了？」

「奧琪女士苦苦等待了一去不回的戀人四年，但最後沒有遵守要等對方一輩子的約定。在第五年時，她終於放棄等待，和一名從小一起長大的男子結了婚，那個人就是你爺爺。」

利雅說不出話。

「她的婚姻很幸福。丈夫溫柔體貼，他們接連生下了可愛的兒女。但是，她過得越幸福，內心的痛苦就越強烈。」

十年屋停頓了一下。

「因為自己沒有遵守當年的約定，當初說好要等待一輩子，結果卻只等了四年而已。她內心對一去不回的戀人滿懷痛苦與憎恨，同時又覺得自己背叛了對方，這些心情一天比一天難熬。

「最後，奧琪女士推開了『十年屋』的門。她認為繼續這樣下去，自己遲早會崩潰。她想把關於舊情人的所有回憶委託給本店保管，減少自己的痛苦。所以，她把那個海藍寶石的戒指交給了我。我接受了她的委託，把她對舊情人的記憶封印在戒指中保管。十年後，我再次聯絡了奧琪女士，問她要如何處理這個戒指和記憶。」

「奶奶沒有來取回嗎？」

「沒錯，於是那枚戒指和記憶都歸本店所有，不久之後，被茨露婆婆買走了，重新改造成小盒子……這就是我所知道的奧琪女士的故事。」

利雅不發一語，低頭看著手上的小盒子。

利雅眼中的奶奶個性開朗，活力旺盛，沒想到竟然曾經遭遇過這麼悲傷的事。這個悲傷的故事變成了手中的小盒子，自己真的可以把小盒子交給奶奶嗎？

「……你是不是覺得不要把這個小盒子交給奶奶比較好？」

利雅很沒有自信的問，十年屋露出微笑說：

「不，這個小盒子應該交給奧琪女士。其實我不知道奧琪女士為什麼會在這時候發現自己失去了『記憶』，但是，既然她因為找不到記憶而痛苦，我相信這個小盒子一定可以帶給她某些東西。」

利雅聽了魔法師的話，終於下定了決心。

「謝謝你，那我要回家了，我要回去找奶奶。」

「好，回家的路上請小心。」

利雅在十年屋的目送下，走出那道白色的大門。

轉眼之間，她就回到了熟悉的街道。即使轉頭看向後方，也看不到那道白色的門以及濃霧籠罩的街道了。

利雅有點不知所措，但很快就回過神跑回家裡，手上緊緊握著那個小盒子。

一回到家，利雅立刻跑進奶奶的房間。奶奶醒了，坐在床上，失神的雙眼就像玻璃珠子般沒有感情，好像看不到任何東西。

利雅有點畏縮，但還是走向奶奶，小聲的說：

「奶奶，我是利雅，我可以和你說話嗎？」

奶奶緩緩看向利雅。

「喔，是利雅呀，有什麼事嗎？」

「我今天看到一個很棒的東西，所以想送給你。正確的說，這原本就是你的。奶奶，你知道嗎？這是你的。」

利雅說話的同時，把小盒子輕輕放在奶奶手上。

奶奶眨了眨眼睛，低頭看著手上的小盒子。

「……我沒看過這個小盒子，真的是我的嗎？」

「對呀。」

「這樣啊，但是我想不起來……這個盒子好漂亮，裡面裝了什麼東西呢？」

奶奶輕輕摸著小盒子。

「啪答」一聲，小盒子的蓋子輕易的打開了。

小盒子裡是一片大海，大海中央有一座美麗的綠色小島，旁邊有一艘帆船。帆船在小島周圍航行，盒子裡跟著響起了音樂聲。

「原來是音樂盒……」

利雅感到很驚訝，也聽著音樂出了神。雖然音樂的旋律很明快，卻帶著一抹憂傷。

還有那艘帆船，帆船一直在小島周圍打轉，始終沒有靠岸。無論等多久，這艘船也不會抵達小島。

利雅覺得那就像是讓奶奶苦等多年，卻遲遲沒有回來的舊情人，不禁難過起來。

但是，奶奶的反應不一樣。她聽著音樂盒的音樂，臉上的表情漸漸平靜下來。

「好優美的旋律……我喜歡這個音樂，非常、非常喜歡，我覺得以前好像聽過很多次。」

「是嗎？」

「是啊。啊，有一種懷念的感覺。」

不一會兒，奶奶就抱著音樂盒睡著了，嘴角露出了幸福的笑容。

不久之後，奶奶就安靜的離開了人世。利雅雖然很傷心，但也感到一絲安慰。因為自從有了那個音樂盒，奶奶再也沒有緊張的說自己好像忘了什麼事。

利雅把音樂盒放在奶奶的棺材中，從此不再和奶奶分離。

注：「七寶燒」是一種將金屬與玻璃結合的傳統工藝，起源自埃及文明，後來經過絲路傳至日本。

4 玩具的旅行

七歲的皮諾氣得嘟起了嘴。

好無聊、好無聊、好無聊！他明明有很想要的東西，但竟然無法得到。

沒錯，皮諾現在很想要一個玩具。那就是最近街上的玩具店新進貨的騎士人偶。騎士人偶穿著閃亮亮的盔甲，手上握著長劍，手和腳都可以自由活動，反正就是一個很帥的人偶。

皮諾第一眼看到，就立刻愛上了。每天都央求爸爸和媽媽：「我要買那個。」

爸爸漸漸有點鬆動了，但媽媽很不好說話。

「不行！如果買了新的人偶，皮喵不就很可憐嗎？」

皮喵是皮諾兩歲時收到的貓玩偶禮物。這隻大黑貓玩偶非常帥氣，戴著漂亮的紅色帽子，腳上踩著長靴。

自從皮諾收到禮物之後，皮喵就一直是他最好的朋友。他真的很愛皮喵，經常形影不離，不知道一起玩了多少次。

但是，和騎士人偶相比，皮喵根本是小孩子，而且皮喵已經舊了，皮諾覺得差不多可以增加新的玩具朋友了。

「即使買了那個人偶，我也會好好愛惜皮喵，還會幫忙做家事，所以拜託啦！」

「不行！不管你拜託多少次都不行！」媽媽毫不留情的拒絕了。

皮諾氣得嘟起了嘴。

媽媽真頑固！竟然不知道那個騎士人偶有多棒，真是太莫名其妙了。那個人偶是我的！因為我第一眼看到，就知道那是我的。我一定要想辦法搶在其他小朋友之前，把那個人偶帶回家。

皮諾在自己的房間裡左思右想，拿起皮喵打量起來。皮喵的尾巴已經磨損，靴子和帽子也都有點破了。雖然一雙藍色的眼睛仍然很美，但鬍鬚已經掉了兩根。

皮諾看著舊娃娃，心裡越想越氣。

仔細想一想，就是因為有皮喵，所以媽媽才不同意買新玩具。

既然這樣，那就把皮喵送去某個地方好了。只要自己大哭大鬧，說皮喵不見了，媽媽可能會心疼自己，然後安慰自己：「不要這麼失望。啊，對了，那媽媽買之前你一直想要的人偶給你吧。」

沒錯，乾脆把皮喵丟掉。

「丟掉？」

皮諾被自己的想法嚇到了，渾身起了雞皮疙瘩。

他慌忙抱緊皮喵，小聲的說：

「別擔心，我絕對不會把你丟掉，只是希望你可以暫時失蹤一陣子……藏去哪裡好呢？如果埋在泥土裡，會變得很髒。如果藏在奇怪的地方，可能會被人拿走……」

他想把皮喵藏在一個安全的地方。

正當他這麼想的時候，皮喵的帽子突然掉了下來。皮諾撿起帽子，發現裡面有一張卡片。

「這是什麼？」

他不記得曾經把任何卡片放進皮喵的帽子裡。雖然他感到很納悶，還是把卡片拿了出來。

卡片整齊的對折，正面寫著「十年屋」，背面寫了很多字，但皮諾不認得那些字，決定先看卡片裡面是什麼，於是翻開了卡片。

卡片頓時發出了金色的光芒。

「哇！」

金色的光線太刺眼，他閉上了眼睛，但完全不覺得害怕，因為光芒很溫暖，也很柔和，而且有一股香噴噴的味道，好像是堆積的落葉氣味。

皮諾想起秋天時曾經去過的樹林，他悄悄的睜開了眼睛，發現自己在不知不覺中，竟然來到一個陌生的地方。

石板街道的兩側是石頭建造的房子，整條街道瀰漫著濃霧，周圍靜悄悄的。

他有點害怕，忍不住緊緊抱住手上的皮喵。

這時，皮諾看到了燈光。

有人在那裡。那就去問那個人，這裡是哪裡，再問問看要怎麼回家吧。

皮諾急急忙忙走過去，推開了透出燈光的白色大門。

「哇，太厲害了！」

門內的景象令人心動。放眼望去，到處都是不可思議的東西、稀奇古怪的東西、閃閃發亮的東西，和支離破碎的東西，全都堆得像山一樣高。

太驚人了，太好玩了，簡直就像是藏了海盜寶物的洞窟！

皮諾東張西望的走進店內。

他看到後方有一個櫃臺，一位戴著銀框眼鏡的年輕男人和一隻很大的橘貓坐在櫃臺前下西洋棋。

「喔，等一下，客來喜，你等一下。」

「老闆，落棋無悔喵。」

「嗯，但是你把騎士放在這裡……」

「呵呵，將軍喵。」

橘貓得意的說著，把茶杯舉到嘴邊。那隻橘貓無論是動作還是穿著黑色背心的樣子都像人一般，而且竟然在說話。

皮諾驚訝得愣在原地。這時，男人抬頭看向皮諾。

「哎呀，慘了。客來喜，有客人。」

「哇！太大意了喵！我馬上去倒茶喵！」

那隻名叫客來喜的橘貓從櫃臺上跳了下來，答答答的快步跑進後方的房間。

那個男人立刻起身走到皮諾面前。他的個子很高，脖子上繫了一條紅寶石顏色的絲巾，搭配深棕色的背心和長褲，整個人看起來很時尚。

男人向皮諾鞠躬時，甩著一頭栗色頭髮，琥珀色的眼睛露出溫柔的眼神。

「這位客人，很抱歉，沒有看到你進來。歡迎來到『十年屋』。」

「客人？」

「對，走進這家店的全都是客人，請你叫我十年屋。在談正事之前，要不要先吃甜點？因為現在剛好是三點吃點心的時間。」

十年屋說完，就把皮諾帶去後方的會客室。剛才那隻橘貓正手忙腳亂的在看起來很舒服的會客室裡準備點心。

皮諾看到茶几上的東西，眼睛都亮了起來。因為茶几上放著一塊看起來就很好吃的甜派，從室內瀰漫的香氣聞起來，他立刻就知道那是蘋果派。

橘貓切了很大一塊蘋果派放到盤子上，而且竟然還附了香草冰淇淋。

橘貓轉頭看向眼珠子都快要掉下來的皮諾，說：

「蘋果派剛烤好喵，請享用喵。」

「哇，真的可以吃嗎？」

「當然可以喵。你想喝什麼飲料喵？有冰紅茶、牛奶和果汁可以選喵。」

「我要喝牛奶。」

皮諾雙眼盯著蘋果派，急急忙忙想要在茶几旁坐下來。這時，他才發現自己還抱著皮喵。抱著娃娃坐在茶几前吃東西太沒禮貌了，於是皮諾小聲問拿著牛奶走回來的橘貓：

「請問，可以請你幫我拿一下我的娃娃嗎？」

橘貓一看到皮喵，立刻瞪大了眼睛。

「好帥……啊，不，沒問題喵。我客來喜會為你好好保管這個娃娃的喵。」

客來喜小心翼翼的抱著皮喵，在會客室角落的椅子上坐了下來。

好，搞定了。皮諾也在椅子上坐了下來。

「我開動了！」

皮諾咬了一口蘋果派，忍不住發出讚嘆聲：

「太好吃了！」

蘋果派還是熱的，裡面的蘋果餡好像果醬一樣柔軟，再搭配冰涼的冰淇淋，簡直是全天下最奢侈的吃法。蘋果派酸酸甜甜的味道，和香草冰淇淋濃郁的甜味融合在一起，皮諾感覺幸福在身體內擴散。

十年屋面帶微笑的看著吃得津津有味的皮諾。看到皮諾心滿意足的吃完之後，便告訴他這間「十年屋」是魔法師開的店，會用心的在十年內為客人保管任何東西。

「可以保管任何東西？真、真的嗎？」

「對，本店絕對不會弄髒或是弄壞為客人保管的物品，因為我會使用十年魔法。但是會向客人收取報酬，也就是客人一年的時間。」

「我的時間？」

「對，簡單來說，就是你的壽命。只要你委託本店保管物品，就會減少一年的壽命。這樣你能夠理解嗎？」

皮諾忍不住害怕起來，覺得剛才吃的蘋果派和冰淇淋好像在肚子裡翻騰。

為了得到騎士人偶，他想把皮喵交給十年屋保管，但是聽到會減少一年的壽命，他忍不住退縮了。

「我、我可以想一下嗎？」

「當然可以，你可以充分思考後再回答我。」

皮諾站了起來。他想仔細看看皮喵再決定。

他看向房間角落，發現客來喜正緊緊抱著皮喵，而且滿臉陶醉的用臉貼著皮喵，喉嚨發出了呼嚕呼嚕的聲音。

皮諾見狀有點驚訝，但還是走到客來喜面前說：

「請問……可以把皮喵還給我嗎？」

「啊？喔、喔喔，對不起喵！」

客來喜慌忙的把皮喵還給了皮諾。

皮諾仔細打量著這隻貓娃娃。

這是他心愛的娃娃，也是他最好的朋友。

但是，真的值得為它付出一年壽命嗎？而且，他原本打算買了騎士人偶之後，就馬上來這裡把皮喵拿回去，這樣就要支付一年的壽命，未免太吃虧了。

對了，即使不委託十年屋保管，只要藏在閣樓房間的角落，媽媽一定不會發現。還是算了吧，不需要魔法，也一定能夠達到目的。

正當皮諾暗自下定決心時，十年屋走到他身旁問：

「這該不會就是你想委託本店保管的物品吧？」

「嗯……但我在想，還是不委託你們保管了。」

「這樣也很好，那你要回去了嗎？」

「嗯。」

皮諾回答時，聽到了深深的嘆息聲。回頭一看，發現客來喜正落寞的低著頭。

皮諾立刻明白，客來喜不希望皮喵離開。這隻橘貓似乎愛上了皮喵。

十年屋也發現了這件事，為難的歪著頭說：

「客來喜，你怎麼了？今天怎麼有點反常？」

「沒、沒這……回事喵。」

「不可以這樣，想要客人的物品是違反規定的。」

「……我知道喵。」

客來喜有氣無力的回答，卻仍然忍不住瞄向皮喵。

皮諾完全了解客來喜的感受，因為想要卻得不到的心情很痛苦。

皮諾再次看著皮喵。

這是他心愛的娃娃，但是，之後還會再玩幾次呢？其實他最近幾乎都只是把皮喵放在床邊，雖然並沒有不喜歡皮喵，只是也沒有想和它一起玩的心情。皮諾並不是玩膩了，而是他長大了，已經不太需要和皮喵一起玩了。

雖然這件事和騎士人偶無關，但皮諾知道自己遲早會背叛皮喵。因為自己和皮喵之間有很多回憶，所以才捨不得放手，但自己很快就會覺得皮喵不再是他最好的朋友，就算將來媽媽把皮喵歸類為「皮諾不再玩的玩具」而收進衣櫃裡，自己也一定會覺得無所謂。

既然這樣的話……

皮諾似乎聽到自己內心發出了「喀答」一聲，就像是齒輪咬合的聲音，那是他清楚知道該怎麼做的聲音。

皮諾深呼吸了一口氣之後，把皮喵遞給客來喜說：

「既然你這麼喜歡，那就送給你吧。」

「啊？」

客來喜瞪大了那雙祖母綠的眼睛。

「不行！」十年屋大叫一聲，「這是你心愛的物品。」

「話是這麼說沒錯……但我覺得這是最好的安排。」

與其偷偷藏起來，還不如送給真正想要的人，皮喵也一定會感到幸福的。客來喜一定會很珍惜皮喵，這件事絕對不用懷疑。只要想到有人會好好愛惜皮喵，皮諾就感到放心。

雖然皮諾說不清楚，但仍然努力表達自己的想法。

「這是我的寶貝，但是，我已經長大了，以後也不太會玩了，所以，只要貓咪向我保證，以後會好好愛惜它，我就願意把它送給貓咪。怎麼樣？」

客來喜眨了眨眼睛，用力點了點頭說：

「好！我一定會愛惜它喵！一定會很愛惜、很愛惜喵！我、我可以向你保證喵！」

「那皮喵就是你的了。」

皮諾把皮喵交給客來喜時感到一陣難過，他必須極力忍耐，才沒有把「還是不要好了」這句話說出口。但是，當他看到客來喜滿臉幸福的緊緊抱著皮喵，就覺得「啊，我做對了」。

皮諾咬著嘴脣站了起來。

「真的沒問題嗎？」十年屋問他。

「嗯。就、就這麼決定了，我相信對皮喵來說，這樣也比較幸福……我想回家了。」

「好，歡迎你下次再來，等你下次來的時候，我們一定會好好招待你。」

皮諾在十年屋溫柔的目送下，走出了白色大門，一眨眼就回到了自己的房間。

房間內所有的擺設都和以前一樣，但皮喵不在了。沒有在皮諾的懷裡，也沒有在房間裡的任何地方。

想到以後再也見不到皮喵，忍耐很久的淚水終於流了下來。

皮諾倒在床上放聲大哭起來。媽媽聽到他的哭聲，衝進了他的房間。

「皮諾！你、你怎麼了？」

「媽媽！」皮諾抱著媽媽說：「有人……有人想要皮喵，他很想要，而且還保證會好好愛惜皮喵，所以我、我就送給他了，因為我覺得這樣對皮喵也比較好。我覺得送給他是對的，但、但是還是覺得……嗚哇啊啊啊！」

皮諾泣不成聲，媽媽抱了他很久。過了一會兒，媽媽對他說：

「原來是這樣，你做了一個很重大的決定……媽媽也覺得你做得沒錯，因為玩具就應該給真正想要的小朋友。」

「嗯，但、但是，我還是覺得很難過！」

「媽媽能夠體會你的心情，媽媽想到以後再也無法見到皮喵，也覺得很難過。但是，媽媽相信皮喵現在一定很幸福，我們要這麼想。好了，你不要再哭了。對了，我們去玩具店，媽媽再買一個你喜歡的玩具給你。」

這本來是皮諾期待已久的話，但是……

「不用了。我暫時不想買玩具了。」

「哎喲，真的嗎？」

「嗯。但是，你可以買色鉛筆給我嗎？」

皮諾突然很想畫畫。他打算畫很多畫，他要將皮喵和那隻叫客來喜的貓一起玩的畫面畫下來。

5 黑色泥娃娃

蘭妮很生氣。

這個十四歲的少女脾氣很火爆，整天都在生氣。

她很不滿父母把她送去校規很嚴的學校，也很不滿必須住在學校的宿舍。看到早餐沒有她喜歡的荷包蛋很生氣，發現體育課要上她不會的網球就更加火大。

「這裡所有的一切都爛透了！」

她寫了好幾封信給爸爸、媽媽抗議：「我不要再讀這所學校，我想回家，」但是爸爸和媽媽都不理她。

「特瓦蒂學園是歷史悠久的名校，你要好好讀書，學習禮儀，就不會再那麼任性，也不會整天發脾氣了。」

每次收到父母寫的這些回信，蘭妮就氣得發瘋，把信紙撕得粉碎，把桌子或是床踢翻，然後不止一次被老師責罵、處罰。

老師們都已經把蘭妮視為「超級問題學生」，他們銳利的雙眼總是緊緊盯著蘭妮。

而且不只老師這麼對她。她整天看不起別人，老是說一些傷人的話，所以完全交不到朋友。班上的同學都不理她，把她當成空氣。

孤獨讓蘭妮變得更加古怪，更容易發脾氣。但是，蘭妮從來不認為自己有錯，全都是別人的錯，是周圍環境的錯。

蘭妮每天都在想，自己為什麼會這麼可憐？整天被關在這種令人窒息的地方，簡直就像囚犯。這裡的床很硬，三餐都很難吃。

還有，蘭妮只要一天不吃砂糖醃漬的水果，身體就會不舒服，但是即使要求了很多次，學校也不同意給她吃。

「而且那些老師嚴重偏心！上次也只有我一個人受到處罰。明明是因為妮雅不理我，我才會用球丟她，結果妮雅放聲大哭，大家竟然都同情她，把我當壞人，害我被處罰不能吃晚餐，我絕對無法原諒她！」

蘭妮累積在內心的憤怒和不滿一不小心就會爆炸。每次暴怒，蘭妮就會陷入對自己不利的狀況。

這是惡性循環。蘭妮終於開始意識到這件事。

照這樣下去，也許永遠都回不了家了。絕對不行，那就讓大家覺得自己是個好學生。對了，考試。只要考出好成績，父母一定很高興，也許會同意讓她回家。

幸好蘭妮的功課還不錯，她只要認真讀書，考試成績就會大幅度進步。

只不過，無論她再怎麼努力，都無法成為第一名。全校最優秀的學生賽麗每次都考得比她好。

賽麗親切溫柔，也有很多朋友，老師們都很喜歡她。她個性很好，也很刻苦用功，成績總是第一名。

蘭妮內心對賽麗產生了強烈的憎恨。

「賽麗擁有我沒有的一切，而且每次考試的名次都在我前面！我不能原諒她！」

下一次考試，無論如何都要考贏賽麗。但是，如果只是用功讀書，一定無法超越她，因為賽麗很聰明，對老師上課教的和教科書上的內容過目不忘，學一次就能變成自己的知識，所以必須想其他方法才能打敗她。

蘭妮起初打算讓賽麗受傷，除了試圖把她從樓梯上推下去，還試過上體育課時，拿很硬的球用力丟她。

但是，這些方法都沒有成功。賽麗身邊總是圍著其他同學，有說有笑的非常熱鬧，蘭妮根本無法靠近。

於是蘭妮把在花圃找到的毒菇放到賽麗的湯裡，她認為只要讓賽麗食物中毒，無法參加考試，問題就能解決了。

但是這個方法也失敗了。因為毒菇有股難聞的味道，賽麗說：「這碗湯好像臭掉了。」結果一口也沒喝。

於是，蘭妮改為偷賽麗的東西。像是鋼筆、圍巾、教科書或是隨身用品等小東西。

等賽麗發現自己的東西不見了，一定會心神不寧，根本無法專心讀書。蘭妮打著如意算盤，然而，穩重的賽麗完全不把這種事放在心上。

「我最近都很粗心，像傻瓜一樣整天掉東西，真的是少根筋。」

無論蘭妮如何惡整賽麗，賽麗都完全不受影響。蘭妮越想越煩躁，越來越生氣，憎恨漸漸在她內心膨脹。

事到如今，考試成績已經不重要了，蘭妮無論如何都希望讓賽麗感到痛苦。

心中的憎恨讓蘭妮失去了理智，她終於想到了一個荒唐的辦法，她決定詛咒賽麗。雖然她不認為會有效果，但如果真的能夠讓賽麗不幸，那就太痛快了。

蘭妮去圖書館找了咒術和占卜的書，發現了一個「擊敗競爭對手的黑魔法」，她把方法抄在筆記本上，立刻決定試試看。

黑魔法需要用到一桶泥土、在滿月夜晚裝的一杯水、紅蠟燭、生鏽的剪刀和要詛咒對象的照片。

蘭妮謹慎的行動，接連張羅實施黑魔法需要的物品。

其中最傷腦筋的當然就是賽麗的照片。蘭妮和賽麗並不是好朋友，無法開口向她要求「給我一張你的照片」，一旦這麼做，絕對會引起她的懷疑。

但是，蘭妮成功了。上美術課時，趁著大家正在專心畫畫，她偷偷跑出教室，溜進了賽麗的房間。

她順利找到了賽麗的獨照，精心打扮的賽麗對著鏡頭露出笑容。蘭妮把照片放進口袋，若無其事的回到了教室。

在蒐集到所有材料的那天半夜，蘭妮溜出宿舍，在空曠無人的學校操場上，開始進行黑魔法。

首先，蘭妮要把泥土和水均勻混合、揉捏，做成手掌大小的泥娃娃。這個泥娃娃有圓圓的腦袋、圓圓的身體、變形的手腳，樣子看起來很可怕。

蘭妮看著自己做的泥娃娃，忍不住抖了一下，但仍然繼續製作。她點燃了紅蠟燭，在燭光下，把賽麗的照片放在泥娃娃身上。

「嗚啾哇啦、安哆啦、薩比諾比啊！嗚啾哇啦、安哆啦、薩比諾比啊！」

她唸著事先背下來的咒語，狠狠瞪著泥娃娃。這個泥娃娃就是賽麗，這個可恨的傢伙，好想要狠狠教訓她，希望她變得很悽慘。

蘭妮舉起剪刀，想把內心的怒氣和憎恨都發洩出去，然後把剪刀用力的刺在照片和泥娃娃身上。

看到照片上賽麗的臉被戳破，蘭妮露出了笑容。

「真希望賽麗的臉真的變成這樣。」蘭妮腦海中浮現了這個殘酷的念頭，接著她吹熄了蠟燭。

黑魔法的儀式完成了，接下來要把泥娃娃藏起來。如果在泥娃娃乾透之前，把剪刀拔出來，魔法可能會失敗。

蘭妮決定把泥娃娃帶回自己房間，藏在床底下。等到泥娃娃乾了之後，就立刻敲碎，再把泥土丟回院子裡。這麼一來，就沒有人知道蘭妮做了什麼壞事。

她雖然打好了如意算盤，卻沒想到隔天早晨，會被一陣喧譁的聲音吵醒。

「大家趕快起床，現在要開始檢查每個人的隨身物品，請大家都走出房間。」

那是舍監的聲音。蘭妮大驚失色，從床上跳了起來。

舍監有時候會突擊檢查學生的隨身物品，確認學生有沒有偷藏香菸。舍監很擅長找出學生私藏的違禁品，之前好幾個學生就是因此而遭到退學。

如果舍監發現了蘭妮的泥娃娃，會有什麼後果？雖然泥娃娃不是香菸或零食，但蘭妮知道，這個泥娃娃絕對不能被人發現，因為她用剪刀把賽麗的照片插在泥娃娃身上。

舍監一定會告訴老師，老師會告訴家長，蘭妮一定會受到更嚴厲的處罰。

「不、我不要！」

蘭妮急急忙忙把泥娃娃從床底下拿了出來。雖然已經過了一個晚上，但泥娃娃還沒有乾，所以還不能把它敲碎。

怎麼辦？蘭妮咬著嘴脣。

要不要這一次先放棄，把泥娃娃丟進馬桶？但是，聽說要是詛咒失敗，下詛咒的人反而會倒霉，這也很可怕。

啊，舍監的聲音越來越近，很快就會來到蘭妮的房間。

「蘭妮，你一定要把泥娃娃藏起來，必須把這個泥娃娃藏到某個地方，要藏在安全的地方！」

蘭妮心裡一邊想，一邊拿著泥娃娃手足無措的在房間內不停徘徊時，突然有什麼東西從天而降。

那是一張對折的深棕色卡片，上面圍繞著金色和綠色的蔓草圖案，發出閃爍的亮光。

雖然眼前的情況危急，蘭妮還是不由得被那張卡片吸引。當她回過神時，已經撿起了卡片，而且毫不猶豫的打開了。

「啊！」

卡片散發出耀眼的強光，她忍不住尖叫起來，以為自己會被光芒吞噬的同時，聞到了濃濃的泥土氣味。

好可怕！這是怎麼回事！

蘭妮幾乎陷入恐慌，但立刻回過神。因為強光消失了，泥土味也消散了。

蘭妮戰戰兢兢的睜開眼睛後，忍不住輕輕叫了一聲。

她發現自己離開了宿舍。

蘭妮站在陌生的街道，周圍完全不見人影，冰冷的灰色街道被濃霧籠罩，四周一片寂靜。

她覺得這個地方很可怕，但還是往前走，因為她看到了燈光。

淡淡的柔和燈光來自前方的房子，裡面似乎有人。蘭妮想要找人求救，於是走進那棟房子。

她推開白色的大門，發現裡面好像倉庫，堆滿了破銅爛鐵。這裡也太凌亂了。蘭妮忍不住皺起眉頭，繼續往裡面走。裡面有一個男人，脖子上繫著覆盆子色的絲巾，身穿深棕色長褲和背心。他戴著銀框眼鏡，正在擦拭一只藍寶石的戒指。一隻大貓從男人後方的門內走了出來。那隻大貓穿著黑色背心，打著領結，竟然像人一樣，用兩條後腿走路，雙手還端著托盤。

大貓用可愛的聲音對男人說：

「老闆，點心時間到了。」

「喔，太好了。客來喜，今天的點心是什麼？」

「砂糖漬西洋梨和乳酪司康，飲料是冰紅茶。」

「太棒了，我馬上來！等我一下，我收拾一下……咦？」

這時，男人發現了蘭妮，臉上立刻露出了笑容。

「客來喜，請你多準備一份點心，有客人上門了。」

「好的喵，那我去準備會客室喵。」

「麻煩你了。」

大貓立刻走去後方。

男人緩緩走向蘭妮。蘭妮沒來由的緊張起來。也許是因為男人有一雙罕見的琥珀色眼睛的關係，感覺好像能看穿自己的內心深處。蘭妮不想被他看到手上的泥娃娃，急忙藏到背後，但仍然感到心神不寧。

倒是男人似乎很歡迎蘭妮。蘭妮聽到他稱自己為「客人」，忍不住大吃一驚。

「客、客人？」

「對，每一位來『十年屋』的都是客人，你一定也是有需要，才會來到『十年屋』。」

「我也不太清楚，當我回過神時，就發現自己來到陌生的地方……這裡是哪裡？」蘭妮有點不知所措。

男人流利的向她說明了情況。

這家「十年屋」是魔法師的店，無論任何東西，都可以放在這裡保管十年。客人委託的物品不會受到任何損傷或是毀壞，會被妥善保管。

太厲害了！蘭妮聽完後雙眼發亮。

「我也有想要委託的東西！你可以為我保管嗎？」

「當然，本店很樂意為你保管，但是在此之前，請先聽我說明。為客人保管物品時，要使用我的十年魔法，客人必須支付一年的時間作為報酬。」

「什麼意思？」

「就是要用你的壽命支付。只要你同意，我可以馬上為你保管任何物品，怎麼樣？」

魔法師看著蘭妮的眼睛問，她雙腳顫抖起來。

壽命？要花一年的壽命？這會不會太過分了？自己竟然要為了詛咒的泥娃娃損失一年的壽命。

蘭妮先是感到害怕，但隨即變得怒不可遏。

「我認為太貴了。我並不打算委託你保管十年，我三天之後，就會來拿回去，所以我願意支付一個小時的壽命。」

「那可不行。」

魔法師非常堅定的搖了搖頭說：「無論保管的時間再短都一樣，只要委託本店保管，就必須支付一年的時間。如果你不同意，恕我無法為你保管。」

「太過分了。」

「和魔法師做交易就是這樣。本店的管家貓客來喜在後方的會客室準備了點心，你要不要先吃點心，再慢慢思考？」

蘭妮怒氣沖沖的大吼：

「我才不要吃什麼點心！不要把我當成小孩子！也別想用甜食糊

弄我！」

「不，我沒這個意思……總之，請你好好考慮一下再決定。」

蘭妮用力咬著嘴脣。雖然很不甘心，但她發現似乎無法向這個魔法師討價還價，即使大吼大叫，或是大發雷霆都沒有用。

怎麼辦？快點想清楚。如果就這樣回去宿舍，會有什麼後果？一旦被舍監發現泥娃娃，絕對會天下大亂。父母一定會很生氣，覺得「怎麼會生出你這種會詛咒別人的孩子？」他們一定不會原諒自己，最糟糕的結果，可能會把自己送去更嚴格的學校，光是想像就很可怕。不行，絕對不能被舍監發現，無論如何都不能讓這個祕密曝光。

蘭妮終於下定了決心，心不甘情不願的說：

「那……我可以支付一年的時間，但是你一定要幫我好好保管，絕對不可以交給任何人。另外，我希望你不要把這個祕密說出去。」

「當然沒問題，請問你要保管的物品是什麼？」

「……就是這個。」

蘭妮遞上了藏在身後的泥娃娃。原本一臉親切的魔法師立刻露出了嚴肅的表情。

「這……」

「你不必多說什麼，只要為我保管就好，這不是你的生意嗎？」

蘭妮的語氣盛氣凌人，而魔法師卻一臉遺憾的垂下了雙眼。

「很抱歉，本店無法為你保管這件物品。」

蘭妮聽到這句意料之外的話，終於忍無可忍了。

「怎麼會！為什麼？你剛才不是說，可以保管任何東西嗎？」

「很抱歉，剛才忘了說明一件事。本店的確可以保管任何東西，但必須是屬於客人自己的東西，這是條件。然而，這件物品中，使用了並不屬於你的東西。」

蘭妮知道魔法師指的是賽麗的照片，她暗自嚇了一跳，但是又覺得不能認輸，於是瞪著魔法師說：

「那又怎麼樣？這是我製作的，無論材料是誰的，現在屬於我，不是嗎？廢話少說，趕快幫我保管。」

「……那是否可以請你把照片拿下來？只要拿下照片，我就可以為你保管。」

「不行！把照片拿下來，詛咒就沒效了！啊……」

蘭妮不小心脫口說出了實話，立刻嚇得臉色發白。她原本打算絕口不提詛咒的事。

她發現魔法師露出難以形容的眼神看著自己，簡直就像在憐憫可憐的野獸。被那樣的眼神看著，讓她覺得無地自容，但隨即變成了沖天的怒氣。

自己好不容易下定決心要委託他保管，他卻說什麼無法保管，這根本是詐欺。無法原諒他！絕對無法原諒他！

「騙子！你算什麼魔法師！別把我當傻瓜！算了！」

蘭妮終於爆炸了。

一切都糟透了，一切都讓人憤怒至極。算了，不管是泥娃娃還是詛咒，全都去死吧！

蘭妮情緒失控，把泥娃娃用力丟在地上，泥娃娃立刻被摔爛了，溼溼的泥土四處飛濺。

「這、這位客人，請你不要激動！」

「閉嘴！我要回家，你閃開！」

蘭妮推開魔法師，走向那道白色大門。在走出去前，她還用力踢向旁邊那堆破銅爛鐵山。

「咚鏘、喀啦啦啦、砰！」

破銅爛鐵山發出巨大的聲響，整個倒了下來，揚起的灰塵簡直就像濃煙。蘭妮見狀，心裡終於感到舒暢。

活該！

蘭妮從「十年屋」逃走了。逃走很簡單，只要打開門衝出去，她就立刻回到了宿舍的房間。

蘭妮在意識到這件事的同時，宿舍房間的門打開了，舍監走了進來。

「蘭妮同學，你還在房間幹什麼？趕快出去，你沒有聽到要檢查物品嗎？」

「啊，好、好啦。」

蘭妮被趕出自己的房間，但她忍不住露出得意的笑容。

雖然詛咒毀了，魔法師也讓她非常生氣，但是至少解決了泥娃娃被發現的問題，即使不滿意，但仍勉強可以接受。只要再找其他能陷害賽麗的方法就好，但是，下次不要再使用黑魔法了，如果被人發現，會有很多不良的後果。

蘭妮內心感到格外暢快，開始重新思考陷害賽麗的方法。

同一時間，在「十年屋」裡……

客來喜聽到店裡傳來巨響，急急忙忙從廚房衝了出來，牠看到店內塵土飛揚，亂成一團，尾巴的毛都炸開了，簡直就像是刷地板的刷子。

「老、老闆！你怎麼了喵！你還好喵？」

「嗯，客來喜，我沒事。咳咳！只是店裡有點亂，咳咳，但我並沒有受傷。」

魔法師十年屋終於從漫天的灰塵中現了身，他那一頭栗色頭髮已經亂成一團，時尚的絲巾和背心也都沾滿灰塵，但的確沒有受傷。

客來喜鬆了一口氣，跑向十年屋。

「太好了，你沒有受傷喵，但是，到、到底發生了什麼事喵？」

「客人剛才暴跳如雷，雖然我知道她是脾氣暴躁的人，卻沒想到她腦筋這麼不清楚，竟敢在魔法師的店裡胡作非為。」

十年屋嘀咕著，露出了冷漠的眼神。

「老、老闆？」

「既然這樣，她就必須為自己的行為付出代價。必須讓那個女孩切身體會到，在魔法師的店裡搗亂，會有什麼樣的下場。客來喜，店裡可以交給你整理嗎？我要出門一下。」

十年屋說完，大步走向門外。

✲

這一天，在名門女子學校特瓦蒂學園，發生了一件奇妙的事。

一名女學生在上課時發出尖叫聲，然後身體變得越來越小，而且不僅身體縮小，連年紀也變小了。時間好像在那個女學生身上倒轉，轉眼之間，十四歲的少女就變成了剛出生不久的嬰兒。

這件事當然引起了轟動。校方報了警，許多醫生和科學家都聚集在一起，試圖尋找原因，努力想讓嬰兒變回原來的女學生。

但是，無論做什麼都白費力氣。

沒有人研究出女學生一夕變成嬰兒的原因。但是，特瓦蒂學園的校長是個聰明人，隱約猜到了其中的緣由。

校長把自己的想法告訴了副校長。

「八成是魔法造成的，蘭妮·席達惹怒了魔法師。」

「魔法師？」

「對，那個女孩是一個問題學生，一定是闖入了不該踏入的領域，然後遇到了魔法師，不知道闖了什麼禍，反正是惹怒魔法師的愚蠢行為。因為那個學生每次都在錯誤的地方，用錯誤的方式亂發脾氣。」

「那倒是，她經常會自找麻煩，老師們也都傷透腦筋，希望她努力改正這些缺點。」

「是啊，聽說不久之前，她的父母把她從研究機構帶回家了，說就把她當成嬰兒，再重新養育一次，所以等於那個學生要重啟人生了……既然有機會重來一次，希望她這次可以成為一個性情溫和的孩子。」

「完全同意。」

副校長聽了校長的話，深深的點頭。

6 感冒的去向

某一天，魔法師十年屋突然嘆著氣說：

「最近真是太閒了，即使有客人來到店裡，也因為各種原因，最後沒有委託本店保管物品。如果施展魔法的機會減少，我的能力也會退步。」

十年屋把玩著灰黃色的絲巾抱怨道，一旁的客來喜安慰他：

「老闆，別擔心，你的能力不可能退步喵，而且我相信一定會有

其他客人想要委託你為他們保管物品喵，請你打起精神喵。」

「對不起，我並不想讓你擔心……好，如果今天也沒有客人上門，我們要不要來做點什麼？客來喜，要不要再來下西洋棋？」

「不，我想要忙一下自己的事喵。老闆，我可以用一點店裡的商品喵？」

「可以呀，你要幹什麼？」

客來喜聽了十年屋的問題，吞吞吐吐的說：

「我……我想為新朋友做新的帽子、靴子，還有背心喵。」

「喔，你是說那隻黑貓娃娃。」

十年屋露出了微笑。

「好主意，那我和你一起找。我記得有某個國家王妃的斗篷，是用漂亮的綢緞做的，刺繡也很華麗。對了，還有一塊有金線刺繡的藍紫色桌布，那個顏色應該也很適合你的新朋友。到底放在哪裡了呢？上次那個女生把店裡弄亂之後，很多東西都換了位置。」

十年屋和客來喜決定四處找找看，於是就在店裡乒乒乓乓的翻找了起來。

這是一項大工程。因為店裡的商品堆積如山，一人一貓一下子鑽進縫隙，一下子把頭伸進架子，使出渾身解數翻找。

這時，爬到破銅爛鐵山頂上的客來喜問十年屋：

「老闆，這是什麼喵？」

牠的手上拿著一個小瓶子，裡面裝著糖果般大小，有很多刺又藍得發黑的東西。那個東西似乎很輕，在瓶子裡飄來飄去。

客來喜下來後，十年屋從牠手上接過瓶子，看了一眼後，就露出了笑容。

「哎呀呀，沒想到竟然找到了這麼令人懷念的東西。嗯，當初為客人保管這個的時候，你還沒來店裡，難怪你不知道。」

「這是什麼東西喵？」

「這是一個年輕人的感冒。」

「感冒！」

「而且是超級嚴重的感冒，當初委託我保管的客人，看起來就像快死了一樣……對了，我記得那時候也有一陣子沒有客人上門，我整天閒得發慌。」

十年屋注視著瓶子，緩緩訴說起往事。

❊

那一天，十年屋覺得很無聊。

因為最近都沒有客人上門，他拿手的十年魔法也已經很久沒用了，整天都無事可做。

「看來今天也不會有客人上門……沒辦法，那今天就不營業，去外面走走，呼吸一下新鮮空氣吧。對了，食物櫃已經空了，那就去市場買一些食材回來，只要有起司、火腿和麵包，就暫時不必擔心了……唉，差不多該僱用一個廚藝精湛的管家或是幫手了。」

十年屋嘀咕著，開始為出門做準備。他繫上一條明亮的狐狸色絲巾，想讓自己的心情振作起來。他穿上擦得發亮的皮鞋後，拎著大籃子走出門外。

魔法街一如往常的靜悄悄，靜謐的濃霧保護著這條魔法師居住的街道。十年屋走在灰色的石板路上，來到了魔法街的角落。

那裡放了兩盆大盆栽，分別長出兩條很長的白色和紅色玫瑰藤，在兩公尺高的位置交纏在一起，形成了一個拱形。

拱形的玫瑰藤就像一道門，十年屋走進了那道拱門。

濃霧一下子消失了，一條小路突然出現在眼前。那條小路前方就是普通人生活的地方。

那是雖然沒有魔法，卻充滿活力的世界。

十年屋發現每次來這裡，都會讓他有一種興奮的感覺。他穿越小路，準備走去市場。

但是，十年屋在中途看到了意想不到的景象。他發現一個年輕人倒在岔路的陰暗角落。年輕人身材壯碩，但渾身無力、雙眼緊閉、臉色鐵青，鼻水從鼻子流了下來，在日光下閃著光。

十年屋大驚失色，蹲到年輕人身旁問他：

「你還好嗎？你怎麼了？快點醒醒！」

十年屋叫了好幾次，年輕人才終於微微睜開眼睛。

「唔……咦？咳咳！這裡是哪裡？我已經到賽車場了嗎？」

「賽車？」

「自行車賽車……咳咳咳咳！我要去參加比賽。」年輕人搖搖晃晃的站了起來，但立刻又向後倒在地上。他的身體不停的顫抖，還一直咳嗽。

他的鼻水像瀑布一樣流不停，咳嗽也像暴風雨般咳不停，而且渾身發抖、滿頭大汗，顯然有嚴重的頭痛和高燒。

十年屋語氣堅定的說：

「你現在要去的是醫院，而不是賽車場。來，你抓住我，我帶你去醫院。」

沒想到那個年輕人堅決不肯去醫院，他甩開十年屋的手，堅持無論如何都要去賽車場。

「我、我必須去那裡。咳咳咳咳！我必須去參加比賽，這是今年獲得冠軍的最後機會，為了這場比賽，我整整練了一年。咳咳咳咳！雖然我知道自己目前的狀態，無法取得好成績，但是如果我棄權，一定會後悔一輩子，我絕對不想後悔！」

「但是，你覺得自己目前的狀態，有辦法騎自行車嗎？而且你可能會把感冒傳染給別人，這樣也沒關係嗎？」

年輕人啞口無言，淚水開始在他眼眶中打轉。

「我並不是想把感冒傳染給別人。只是……我的女朋友在那裡等我。咳咳！因為我原本打算到終點之後，就向她求婚，所以我請她在終點等我。如果我不去，她一定會對我很失望。」

年輕人說到這裡，又用力咳嗽起來。他痛苦的閉上眼睛，眼淚和鼻涕都流個不停。

十年屋見狀，下定了決心。

「我原本不會在店以外的地方施展魔法……好吧，既然這樣，我就助你一臂之力。我可以為你保管你身體裡的感冒，但是，你必須支付報酬。你願意支付一年的時間嗎？」

「支付一年的時間？」

「沒錯，就是你的壽命，我是可以操控時間的魔法師。」

十年屋簡短的介紹了自己與自己的魔法。

年輕人雖然因為發燒，頭腦有點昏沉，但勉強理解了十年屋的話，他雙眼亮了起來。

「只要能夠解決我目前這種虛弱的狀態，要我支付多少年壽命都沒問題。」

「所以你接受了，對嗎？」

「對。咳咳咳咳！拜、拜託你了，咳咳！」

十年屋從胸前的口袋拿出用來和客人簽約的黑色皮革記事本，

連同銀色鋼筆一起遞給年輕人。

「請你在這裡簽名。」

「好、好的。」

年輕人用顫抖的手簽下了「納吉．特沙」這個名字。他把鋼筆還給十年屋時嘀咕著：

「……我覺得好像有什麼東西從我的身體中流走了。那就是我的壽命嗎？」

「沒錯，就是你的一年時間。這樣就可以了，那我就開始施展魔法了。」

十年屋收好記事本和鋼筆後，拿出一根吸管，吹了一口氣，立刻出現了一個差不多像人頭那麼大的泡泡。

「請你看著這個泡泡。」十年屋說完，開始唱時間魔法之歌。

勿忘草呀時鐘草，阻擋時間的流逝，
木香花呀長春花，編織一個十年籠，
收藏人們的回憶，穿梭過去和未來，
淚滴轉變成微笑，懊惱痛苦變溫和，
收束來保管，好好來守護。

魔法的力量立刻聚集，震撼了空氣，釋放出光芒，包圍了年輕人。然後……

年輕人驚訝的睜開了眼睛，他的氣色一下子變好了，雙眼炯炯有神，身體停止顫抖，不再流鼻水，也不再咳嗽。

他坐了起來，手一下子握拳，一下子鬆開，難以置信的嘀咕：

「太驚人了，剛、剛才還痛苦得不得了，現在竟然完全沒有任何症狀……你真的是魔法師，對嗎？」

「對，這就是剛才讓你痛苦得不得了的感冒。」

十年屋手上的大泡泡中，封存了一個糖果般大小，外表長滿刺的東西。

「這個東西雖然小小的，但看了讓人心裡發毛。如果泡泡破了，它是不是又會跑出來？」

「不必擔心，這是十年魔法的泡泡。你趕快去比賽會場吧。」

「啊！對、對！魔法師先生，謝謝你！」

「不客氣，祝你贏得冠軍。」

「好！我會全力以赴！」

年輕人露出爽朗的笑容，像一陣風般離開了。

客來喜聽著十年屋說的故事出了神，雙眼發亮，探出了身體。

「然後呢？然後呢？那個人後來怎麼樣了喵？」

「之後的事情，我就不知道了，因為我按照原本的計畫去了市場。終於有機會施展魔法，讓我感到心滿意足，於是就大手筆買了整隻烤雞。」

「怎麼會這樣喵？」客來喜很生氣，鬍鬚都抖動起來。「真沒意思，如果是我，一定會去看比賽，確認最後的情況喵。一定要知道那個人有沒有獲得冠軍，有沒有向女朋友求婚喵。」

「哈哈哈，客來喜，如果是你的話的確會這麼做，但是我的好奇心沒有這麼強。」

十年屋摸摸客來喜的頭，露出了微笑。

「雖然我無法確定，但我覺得那個年輕人的願望已經實現了。他那麼有毅力，一定可以獲得冠軍，也可以虜獲女朋友的芳心。」

「希望是這樣喵……既然這個感冒還在店裡，就代表他之後並沒有來取回喵？」

「是啊，應該沒有人會來取回委託別人保管的感冒，當然也沒有人想買，不知道在店裡放了多少年了……下次拿去給變色魔法師譚恩，讓他把這個變成漂亮的顏色吧，否則恐怕永遠都賣不出去。」

客來喜正準備點頭表示同意，認為這是一個好主意。

「叮鈴鈴！」

門鈴聲忽然響起，一個高大的老翁從白色大門外衝了進來。

「我要這個瓶子！」

「波爺爺？」

原來是封印魔法師波爺爺。他戴著一頂很大的草帽，穿著藍色工作服，長鬍子上綁了不計其數的鑰匙，腰間的皮帶上掛了很多鎖。

十年屋和客來喜都大吃一驚。

「我剛才在外面聽到了你們的談話，我無論如何都要買這個感冒。」波爺爺一口氣說完。

「當然沒問題，但是你為什麼要買這種東西？」

「嗯，這不重要、不重要啦。總之，我要買，至於報酬，你是要我的魔法？還是我封印的東西呢？」

「我想想……我目前並沒有任何東西需要你幫我封印，所以還是用你封印的東西當報酬吧。」

「是嗎？那這個怎麼樣？」

波爺爺立刻拿出一個很大的銀色罐頭，上頭的標籤是一個年輕男人的臉，下面寫著：「壞蛋・附懸賞金」。

「咦？這不就是之前的……」

「就是我之前封印的壞蛋。你只要帶去給銀行魔法師，他一定會給你一個好價錢。那麼，我可以收下你的感冒了嗎？」

「當然沒問題……但是你真的想要這種東西嗎？請小心，萬一打破瓶子，或是打開蓋子，你馬上會感冒。」

「嗯嗯，沒問題，我會妥善使用，謝謝，那就改天見。」

波爺爺抓起裝了感冒的瓶子就匆匆回家了。

十年屋瞇起眼睛，納悶的歪著頭。

「這是怎麼回事？我第一次看到波爺爺這麼慌張的樣子。」

十年屋

「哈哈哈！」客來喜發出了開心的笑聲。

「客來喜，你怎麼了？」

「客來喜好像知道波爺爺想幹什麼了喵。」

「是嗎？」

「波爺爺要把感冒用在自己身上喵，他希望自己感冒，然後茨露婆婆就會去照顧他喵。」

「原來如此！」十年屋拍著手，「因為茨露婆婆雖然心高氣傲，但只要看到有人感冒，一定會變得很體貼，也許他們倆會因為這個機會，關係變得更好。哎呀呀，波爺爺真會動腦筋，真是催淚的一招。」

「客來喜很尊敬波爺爺喵。」

「我也很尊敬他，但是，如果真的是這樣，我們絕對不能告訴茨露婆婆，波爺爺是故意感冒。」

「我當然知道喵，這絕對、絕對是祕密，噓！」

客來喜豎起手指，放在嘴巴前。

7 銀行魔法師的祕密

這是封印魔法師波爺爺買了感冒後沒多久發生的事情。

有一天，管家貓客來喜打開撲滿，準備拿家用錢。牠忍不住用力嘆了一口氣，然後轉頭對正在客廳看書的十年屋說：

「老闆，錢幾乎都用光了喵，我原本打算今天晚上煮魚，但是現在連買魚的錢都不夠喵。」

「哎呀哎呀。」十年屋把手中的書放到一旁，「這樣啊，我知道

錢快用完了，那我們就去找銀行魔法師吧。好久沒去找他了。」

「要帶什麼去找他喵？」

「嗯，帶我們搬得動的，銀行魔法師會中意的東西……啊，藍寶石的戒指應該不錯，還有之前得手的三瓶美味葡萄酒。我記得還有貝殼的化石，和純銀餐具套組。對了，還有波爺爺前幾天給我的罐頭，把這些都帶去。」

「那要帶籃子去喵。」

「好，那我先去把東西找出來。」

十年屋正在店內挑選準備送去銀行魔法師那裡的東西時，客來喜拿出一個很大的籃子。除了籃子之外，牠身上還背了一個很大的背包。

「為什麼要帶這個背包？」

「因為我想如果錢多到籃子都裝不下，可以裝在背包裡喵。」

「應該沒辦法換到這麼多錢。」十年屋露出苦笑，把挑選出來的物品裝進籃子。

不一會兒，籃子就塞滿了，而且很重。十年屋一拿起籃子，就忍不住發出嘆息。

客來喜看到十年屋搖搖晃晃的樣子，擔心的問：

「要不要把純銀餐具組放到我的背包裡？」

「不用不用，沒關係，我一個人也拿得動。每次這種時候，都很慶幸銀行魔法師的店和我們只隔了三間店。我們走吧。」

十年屋和客來喜來到外頭的路上，走向隔了三間房子的那家店。

魔法街上有很多奇特的房子，銀行魔法師的店也很稀奇古怪。

房子的外牆是光滑的金屬，整棟房子完全沒有窗戶，圓形的大門是很厚實牢固的金屬門，沒有門把，但是有一個像船舵一樣的圓盤。

沒錯，無論怎麼看，都會覺得這棟房子就像是銀行的金庫。

門旁有一個門鈴，上面寫著：「有事請按門鈴。銀行魔法師」。

因為十年屋手上提著東西，於是由客來喜按了門鈴。

「嘰嘰嘰嘰。」

厚實的大門緩緩打開，發出沉重的聲音。十年屋和客來喜立刻走了進去。

屋內看起來像是冷冰冰的辦公室，黑色地板上鋪著很長的紅色地毯，通往後方的大辦公桌。坐在辦公桌前正在數一大堆銀幣的人就是銀行魔法師。

銀行魔法師一看到十年屋和客來喜，立刻從椅子上站了起來。

銀行魔法師的個子比十年屋更高，而且渾身肌肉飽滿，光滑的皮膚就像黑夜一樣黑，充分襯托出他那頭像銀幣一樣閃亮的銀髮。他一身銅色西裝上的金色鈕扣就像金幣般閃閃發亮，完全展現出他的威嚴與精明。

他的五官很英俊，但眼神銳利而冷靜，一看就知道是狠角色。客來喜每次看到他，都覺得他有點可怕。

銀行魔法師吉拉德用粗獷宏亮的聲音對他們說：

「十年屋先生、客來喜，歡迎兩位。」

「吉拉德先生，好久不見。」

「午安喵。」

「嗯，午安。兩位今天上門，有什麼事嗎？」

「最近有點拮据，所以想和之前一樣，和你做交易。」十年屋說話的同時，指著籃子。

「原來是這樣，」吉拉德點了點頭說：「我正打算過幾天去你店裡，你來得正好，那我就馬上來秤一下。」

吉拉德從十年屋手上接過籃子，把物品都放到桌子上。

「喔，三瓶葡萄酒、純銀餐具套組，以及寶石戒指、化石，還有這個……哈哈，這是封印魔法師波爺爺的罐頭吧？」

「對，這是之前波爺爺來我店裡，和我交換的商品。」

「原來是有懸賞金的壞蛋，這可以賣出好價格。」

吉拉德突然想起一件事。

「對了，聽說波爺爺前幾天開始重感冒，整天都躺在床上，茨露婆婆就住在他家照顧他。茨露婆婆心地真善良……怎麼了？你們為什麼露出這樣的表情？」

「不，沒事……」

十年屋和客來喜笑著互看了一眼，吉拉德皺起了眉頭：

「你們是不是知道什麼內情？」

「是啊，但這是祕密。」

「沒錯，這是祕密喵。」

「這樣啊，那我就不再多問了，雖然我其實很想知道。」吉拉德說著，拿出一把小秤。

那把秤很漂亮，似乎是用純銀製作的，上面雕了精美的鏤空花紋，左右各有一個金色的秤盤。

吉拉德把十年屋帶來的物品逐一放在右側的秤盤上，不可思議的是，秤和秤盤會隨著物品的增加變得越來越大，所以物品完全沒有從秤盤上掉下來。

吉拉德把所有的物品都放了上去，另一側的秤盤上空無一物，然後他開始唱了起來：

銅葉大理花和銀桂花，
還有耀眼無比金盞花，
珍貴花朵閃亮又動人，
精準量秤已經準備好，
趕來鑑定物品的價值，
花瓣飄，飄四方，
雙手滿滿，心也滿滿。

隨著銀行魔法師充滿魔力的歌聲，秤開始有了動靜。原本空無一物的左側秤盤緩緩下降。接著，左右秤盤完全平衡了。

這時，左側的秤盤上堆滿了金幣、銀幣和銅幣。

十年屋和客來喜都瞪大了眼睛。

「這麼多嗎？」十年屋驚叫。

吉拉德從容的點了點頭。

「價格最高的是葡萄酒，其次是壞蛋罐頭，然後是戒指。純銀餐具組的價格也不錯，可惜化石只值四枚銅幣。你還滿意嗎？」

「太滿意了，不僅滿意，而且比我想像中更多錢……看來籃子真的有點裝不下了，要放一些在客來喜的背包裡。」

「老闆，放心交給我喵。」

客來喜立刻放下背包，打開來準備裝錢幣。這時，一個黑貓娃娃從背包裡探出頭。

十年屋眨了眨眼睛。

「哎呀呀，我就在想，你的背包裡裝了什麼東西，怎麼會鼓鼓的？沒想到你還帶黑貓一起出門。」

「是的喵，我無論去哪裡，都要帶在身邊喵。因為我答應那個男孩，會好好珍惜喵。」

吉拉德也把腦袋探了過來，他目不轉睛的看著娃娃說：

「喔喔喔，這個娃娃也很棒，穿著紫色的大衣，時尚滿分啊。我可以用一枚銀幣收購，怎麼樣？」

「啊！」客來喜發出一聲尖叫，緊緊抱著娃娃，似乎很擔心被吉拉德拿走。

「這、這個不行喵！這是客來喜的寶貝喵！」

「太可惜了，哪天你改變心意，隨時歡迎你拿過來。」

「……我應該永遠不會改變心意喵。」客來喜小聲的說。

十年屋和客來喜把換來的錢幣都裝進籃子和背包後，離開了銀行魔法師的店。一人一貓都很高興，尤其是客來喜，尾巴和鬍鬚都挺得直直的。

「老闆，今天晚餐可以大手筆吃大餐喵？」

「客來喜，當然沒問題，這種日子，就要好好享受一下。」

「太好了，那我要去買一尾大鮭魚蒸來吃喵，還要淋上滿滿的檸檬奶油醬喵。」

「聽起來很好吃，配菜我還想吃香滑薯泥，就是加了黑胡椒和起司的那種薯泥。」

「我來做喵，還有番茄冷湯喵。」

「啊，番茄冷湯很好喝，你要多加點洋蔥和大蒜。」

「好的喵。」

一人一貓興奮的討論著，得意洋洋的回了家。

十年屋他們離開後，銀行魔法師吉拉德抱著剛才收購的商品，走向後方的金庫室。

他打開金庫室的門鎖，拉開厚實的門，裡面是一個大房間，房間內有很多架子。

架子上放了各式各樣的東西，有製作精美的西洋棋、裝了漂亮顏色墨水的小瓶子，還有封住閃電的珠子。

所有物品都是向其他魔法師收購來的，吉拉德會把這些物品帶去普通人住的地方，用相應的價格出售，這就是住在魔法街的銀行魔法師的工作。

他把葡萄酒和純銀餐具組放在架子上後，關上了金庫室的門，接著走到二樓自己的房間。

和一樓冷冰冰的辦公室不同，二樓的房間裡有許多可愛的東西和漂亮的玩具擺設，到處都可以看到裝了餅乾和糖果的瓶子。如果有小孩子走進這個房間，一定會雙眼發亮，以為走進了童話世界。

吉拉德重重的坐到大沙發上，緊緊抱著繡了花卉圖案的抱枕，小聲嘀咕著：

「沒有買到那個黑貓娃娃真是太可惜了，真希望可以加入我的收藏品……算了，今天見到了客來喜，就不去想這些了。說實話，真羨慕十年屋，我也希望可以找到這麼可愛的管家貓。」

銀行魔法師被認為是魔法街上最可怕的魔法師。

但是，其實他最喜歡可愛的東西和甜食。

尾聲

皮諾用力深呼吸，悄悄探頭望向門內的畫廊。

太好了，今天也有很多客人來畫廊參觀。

皮諾鬆了一口氣，也走進畫廊。他穿過客人之間走到牆邊，欣賞著牆上自己的作品。

沒想到自己竟然會成為畫家，他至今仍然感到不可思議。

「黑貓和橘貓」是他作品中的一大主題。皮諾從小就經常畫一隻戴著紅色帽子、穿著長靴的黑貓，和一隻穿著黑色背心的橘貓相互

依偎的畫作，這個系列很受歡迎，不知不覺就累積到能舉辦畫展的程度。

時常有人問他，為什麼經常畫這兩隻貓？皮諾每次回答都顧左右而言他。

對皮諾來說，七歲那天發生的事既感傷，也是寶貴的回憶。他認為即使告訴別人，別人也不可能真正理解那麼不可思議的事。

啊，不知道可愛的皮喵娃娃和可愛的橘貓客來喜好不好？

他一邊注視著自己的最新作品〈眺望夕陽的黑和橘〉，一邊思考著這些事。

這時，旁邊有一個人小聲問他：

「不好意思，請問你是畫家皮諾．伊吉先生嗎？」

皮諾轉頭一看，發現是一位年輕女性。她有一張圓臉，一雙眼睛充滿生氣，非常可愛。

皮諾猜想對方的年紀和自己相仿，於是點了點頭說：

「對，請問有什麼事嗎？」

「我有一個問題想要請教一下。」

女人壓低了聲音，小聲問皮諾：

「請問……你畫的那隻橘貓，該不會叫客來喜吧？」

皮諾聽到這個意料之外的問題，身體忍不住搖晃了一下。他心跳加速，呼吸也急促起來。

這個女人知道客來喜，那也就是說……

皮諾努力調整自己的呼吸，也壓低聲音問她：

「你該不會去過『十年屋』？」

「對。」

那個女人興奮的點頭。

「雖然最後沒有委託十年屋為我保管任何東西，但是受到了客來喜的款待，而且還告訴我很重要的事。可以說，多虧了客來喜，才有今天的我。」

女人瞇起眼睛，充滿懷念的看著畫中的客來喜。

「雖然我只見過牠一次，但是我一直希望可以再次見到牠。幾天之前，看到了你的畫，我一眼就認出那是客來喜，所以無論如何，都想見一見畫家本人，我實在太高興了，因為我終於發現除了我以外，其他見過客來喜的人。」

皮諾對女人的心情感同身受。因為他現在也很興奮。

皮諾很想聽她繼續聊一聊當時的情況，於是就問她：

「請問你等一下有時間嗎？如果你方便的話，要不要去附近的咖啡店喝杯咖啡，好好聊一聊？我希望可以聽你分享遇到客來喜時的情況。」

「好啊，你也要和我分享，而且我也想聽聽客來喜旁邊那隻黑貓的故事。我叫雪拉，是烘焙師，請多指教。」

「請多指教。」

皮諾真誠的握住了雪拉向他伸出的手。

推薦文

用一年的壽命交換十年魔法，你願意嗎？

文／蔡孟耘（小壁虎老師） 宜蘭縣竹林國小教師

你有沒有捨不得丟掉的東西呢？我有好多捨不得丟掉的東西！小時候媽媽常常說我的房間東西太多了，要我將用不到的東西放進箱子收起來，或是送人、丟掉。每次，我都只是將這些東西重新安排放置的位置，卻從來都不願意丟棄它們，因為，它們都存著我的某一段記憶。

長大後開始察覺這些東西實在太占空間了，真的要好好斷捨離才行，只是每次要丟掉東西時，都會覺得：「啊！這段記憶從此以後真的就會逐漸消失了。」如果有一個地方可以收藏這些東西，該有多好呀！（不過千萬要小心，當你有這種念頭的時候，可能就會收到十年屋的魔法卡片……）

《神奇柑仔店》系列作者廣嶋玲子的另一套作品《魔法十年屋》，就是這樣的地方。這是魔法師十年屋開的店，任何東西都可以放在這裡保管十年，只不過需要客人用一年的壽命來交換。真的有人願意交換嗎？

來到魔法空間的大人、小孩，一開始都只是想要將某樣東西存放起來，但是往往在與十年屋的幾句對話後，開始思考與面對真正的核心問題。廣嶋玲子在每個人物故事裡藏了一些私人隱密的內在情感，例如：七歲的皮諾想將舊的貓娃娃送去某個地方藏起來，這樣媽媽就會買新的人偶給他。只是，當皮諾聽到自己的壽命要為此減少一年，以及最後將貓娃娃送給管家貓客來喜後的情感表現，那種猶豫、割捨、揪心、忍耐……各種內心糾結，都藉由短短的故事內容呈現出來了。要將這些複雜的情緒用孩子能懂的文字表現出來，真的很不簡單。

兒童文學家林良在《淺語的藝術》一書裡提到：「用兒童聽得懂、看得懂的淺顯語言來從事文學創作。」在《魔法十年屋》這套作品裡充分體現這個部分，也因此這套作品讓無論哪個階段的孩子來閱讀，都能從中找到類似的自己。

你願意用一年的壽命交換嗎？在我以為這真是個天大的難題時，竟然有人願意交換「感冒」！（喔，我不能再透露太多內容了，你們自己去看吧！）在「捨」與「得」之間，每個人衡量的點都不同。書裡每個故事的主角，都在那個魔法空間裡做了最適合的決定，沒有人會評斷這個決定的對錯與否。而在真實的世界，我相信孩子們可以透過閱讀獲得做決定的勇氣。

魔法十年屋5

無法施展的時間魔法

作　　者｜廣嶋玲子
繪　　者｜佐竹美保
譯　　者｜王蘊潔

責任編輯｜江乃欣
特約編輯｜劉握瑜
封面設計｜蕭雅慧
電腦排版｜中原造像股份有限公司
行銷企劃｜林思妤、葉怡伶

天下雜誌群創辦人｜殷允芃
董事長兼執行長｜何琦瑜
媒體暨產品事業群
總 經 理｜游玉雪
副總經理｜林彥傑
總 編 輯｜林欣靜
行銷總監｜林育菁
副 總 監｜李幼婷
版權主任｜何晨瑋、黃微真

出 版 者｜親子天下股份有限公司
地　　址｜臺北市 104 建國北路一段 96 號 4 樓
電　　話｜（02）2509-2800　傳真｜（02）2509-2462
網　　址｜www.parenting.com.tw
讀者服務專線｜（02）2662-0332　週一～週五：09:00~17:30
讀者服務傳真｜（02）2662-6048
客服信箱｜parenting@cw.com.tw
法律顧問｜台英國際商務法律事務所・羅明通律師
製版印刷｜中原造像股份有限公司
總 經 銷｜大和圖書有限公司　電話：（02）8990-2588

出版日期｜2024年1月第一版第一次印行
　　　　　2024年7月第一版第三次印行
定　　價｜330元
書　　號｜BKKCJ108P
I S B N｜978-626-305-650-3（平裝）

訂購服務
親子天下 Shopping｜shopping.parenting.com.tw
海外・大量訂購｜parenting@cw.com.tw
書香花園｜臺北市建國北路二段6巷11號　電話（02）2506-1635
劃撥帳號｜50331356　親子天下股份有限公司

立即購買 >

國家圖書館出版品預行編目（CIP）資料

魔法十年屋5：無法施展的時間魔法／廣嶋玲子 作；佐竹美保 繪；王蘊潔 譯. -- 第一版. -- 臺北市：親子天下股份有限公司, 2024.01
216面；17X21公分. --（樂讀456系列；108）

ISBN 978-626-305-650-3（平裝）

861.596　　112020178

"JUNENYA 5: HIMA NA TOKI MO GOZAIMASU"
written by Reiko Hiroshima, illustrated by Miho Satake
Text copyright © 2021 Reiko Hiroshima
Illustrations copyright © 2021 Miho Satake
All rights reserved.
First published in Japan by Say-zan-sha Publications, Ltd., Tokyo
This Traditional Chinese edition published by arrangement with Say-zan-sha Publications, Ltd., Tokyo in care of Tuttle-Mori Agency,Inc., Tokyo, through Future View Technology Ltd., Taipei.